LES GUINÉES

DE

LORD PENNEBROK

AVENTURES EN SICILE

Par Loïs DE KERVAL

Ouvrage illustré de gravures.

PARIS
rue des Saints-Pères, 30
J. LEFORT, IMPRIMEUR, ÉDITEUR
A. TAFFIN-LEFORT, Successeur
rue Charles de Muyssart, 24
LILLE

LES GUINÉES

DE

LORD PENNEBROK

Grand in-8°, 3e série.

Lord PENNEBROK

LES GUINÉES
DE
LORD PENNEBROK

AVENTURES EN SICILE

Par Loïs DE KERVAL

Ouvrage orné de gravures.

PARIS
rue des Saints-Pères, 30
J. LEFORT, IMPRIMEUR, ÉDITEUR
A. TAFFIN-LEFORT, Successeur
rue Charles de Muyssart, 24
LILLE

LES GUINÉES

DE

LORD PENNEBROK

I

Géographie en riant.

Esquisses de quatre originaux. — Où le lecteur apprendra ce que c'est que la Palingénésie. — Coup d'œil sur la Sicile.

Si vous voyagez en Sicile, — et la Sicile vaut la peine d'un voyage, — n'oubliez pas qu'en débarquant vous mettez le pied sur la terre classique du friponnage et du banditisme.

L'Etna peut être considéré comme le père de la bouillante famille dont les rejetons se nomment le Stromboli et le Vésuve; eh bien! je soupçonne fort le val di Noto, le val di Mazzara et le val di

Demone d'avoir vu naitre les ancêtres des brigands des Abruzzes et de la Calabre.

Les historiens, les naturalistes, les poètes de la plus respectable antiquité ne mentionnent-ils pas et n'affirment-ils pas comme venant d'une tradition positive le fait d'un cataclysme qui, séparant tout à coup les montagnes siciliennes des montagnes de la Calabre, aurait ouvert aux flots l'immense issue du détroit de Messine? Dès ces temps primitifs, l'île du Soleil, la Siculie, la Trinotia d'Homère, était occupée par des espèces de bandits Cyclopes, Lestrigons, Lotophages, Phéaciens, etc.

Les plus célèbres fables ont ce territoire pour théâtre.

Saturne y régna, dit-on; Jupiter habitait l'Etna et connut dans cette sauvage solitude la nymphe Thalie, mère des Palices; Cérès et sa fille résidèrent dans les campagnes fleuries d'Enna et c'est là que Pluton vint chercher Proserpine pour en faire la reine des Enfers; Minerve se plaisait à Hymère; Diane à Ortygie; Polyphème cachait sa laideur dans les grottes des rochers auprès de Catane; Encélade ronflait son fiévreux sommeil dans les profondeurs caverneuses du volcan; Vulcain y préparait ses foudres ; Hercule traversait les vallées en laissant sur son passage les traces de sa bienfaisante puissance; sur les coteaux Apollon menait ses troupeaux paître et le beau Daphnis errait dans les bocages.

Telles ne peuvent manquer d'être les réflexions, les mythologiques souvenirs que suscite la vue des côtes siciliennes chez les voyageurs qui arrivent dans le golfe de Palerme.

A ces pensées s'en mêlent d'autres, moins nébuleuses, plus historiques.

La Sicile, la plus grande île de la Méditerranée est située entre le 36me et le 38me degré de latitude nord et le 10me et le 13me degré de longitude est. Elle a une forme triangulaire. Son pourtour est d'environ cent quatre-vingts lieues, sa plus grande longueur de deux cent soixante-dix kilomètres environ, sa plus grande largeur de cent cinquante-deux.

S'il faut en croire quelques auteurs, les Phéniciens de Tyr auraient des premiers occupé la Sicile.

Plus tard, elle devint un pays grec.

Animées du souffle brillant de la civilisation hellénique, les cités siciliennes grandirent rapidement en importance et purent rivaliser avec la mère-patrie pour les œuvres de l'intelligence et de l'art.

Par contre, l'unité de gouvernement y manquait. Syracuse se laissa dominer par les tyrans.

Les populations opprimées appelèrent à leur aide les Athéniens; ceux-ci vaincus, on appela les Carthaginois. Puis la guerre s'étant allumée entre Rome et Carthage, la Sicile en fut le théâtre et servit de proie aux vainqueurs.

On sait les phases des diverses guerres puniques.

Bientôt la Sicile fut entièrement soumise aux Romains.

Les invasions des Barbares dévastèrent à leur tour ces plages si favorisées de la nature.

Les Sarrazins en devinrent maîtres du temps de Charlemagne. Roger Guiscard les ayant défaits, son second fils, également nommé Roger, fut sacré roi à Palerme en 1130.

L'empereur Henri VI imposa à la Sicile la domination allemande. Charles d'Anjou, frère de saint Louis, les chassa.

Cette domination fut enlevée aux Français par le massacre des Vêpres siciliennes qui commença à

Palermo le 30 mars 1282 et se prolongea les jours suivants dans l'île entière. Pierre d'Aragon, appelé par les conjurés, aborda le 10 août à Trapani, se fit couronner et devint la tige de la souche des rois espagnols de Sicile jusqu'au temps où Louis XIV, ayant accepté le testament de Charles II, Philippe V installa les Bourbons à leur place.

Par le traité d'Utrecht, en 1713, la Sicile passa au duc de Savoie, Victor-Amédée. Tombée aux mains de l'empereur Charles VI en 1720, elle lui fut ravie par le roi d'Espagne, Charles III, en 1734. Le fils de ce prince, Ferdinand IV, régnait sur Naples et la Sicile depuis 1759, quand la Révolution française éclata.

La cour de Naples coalisée contre nous fut refoulée en Sicile, après 1798, par le général Championnet.

L'histoire de la Sicile depuis ce temps jusqu'à nos jours est une suite de tristesses et d'asservissements. L'unité de l'Italie y a prononcé le dernier mot.

Or, vers le commencement de l'été 1889, un paquebot-poste parti de la baie de Naples, filait à toute vapeur vers le golfe de Palerme et, après avoir quitté Parthénope et vu disparaître les crêtes grises du Vésuve et le château de l'Œuf allongé en promontoire, se trouvait déjà en vue du mont Pellegrino et de la chaîne bleue de montagnes qui s'y rattachent.

Ce paquebot emportait une bande de touristes fort originaux, avec lesquels, si vous le voulez bien, nous allons entamer connaissance en nous disposant à les suivre à travers une série d'aventures qui, elles aussi, ne manqueront pas de singularité.

Accouplement bizarre, celui de ces personnages, de nationalités, de fortunes, de caractères, de goûts et d'aspirations disparates, réunis ensemble par les hasards du voyage et le dessein d'un même but à poursuivre, visiter la Sicile depuis le cap di Gallo jusqu'au Passaro, en n'oubliant ni Trapini, ni Girgenti, ni Syracuse, ni Catane, ni le mont Érys, ni le Symèthe, ni le lac Pergusa, ni Pantolica, la ville des sépulcres.

Il y avait là en première ligne, du moins par rapport à sa taille, un colossal Hollandais, gros comme un muid de Rotterdam, ni jeune ni vieux, rouge de peau avec une invraisemblable crinière de cheveux roussâtres couleur de curaçao, à figure carrée, la bouche et le nez larges, les petits yeux verts clignotant sans cesse, la physionomie béate. Une barbe hirsute lui flottait sur la poitrine, à droite, à gauche, de haut ou de bas, tiraillée malicieusement ainsi que la chevelure par la brise marine qui avait l'air de s'en donner à cœur joie, de batifoler dans les filaments de ces touffes d'algues. Et quel costume !

Le révérend Empotter, de son état ministre protestant et apôtre d'une secte toute spéciale, ainsi que nous l'apprendrons bientôt, était induit de la tête aux pieds en un accoutrement de lainage strictement de la même couleur que celle des toisons des moutons qui grignotent les tiges de cristes-marines autour des digues de Harlem. Sachez, en effet, que les laines de ces vêtements, après avoir été filées et tissées, n'avaient point subi l'affront imposteur d'une teinture.

— Point d'afféterie tinctoriale dans la vêture.

C'était un des très curieux principes religieux du révérend Empotter, et ce principe apparaissait tout de suite traduit en scrupuleux exemple aux yeux de qui abordait cet homme de bien, avant même que d'entendre ses prédications sages et d'être initié à ses dogmes, à ses rites destinés à réformer l'humanité déchue et à rouvrir l'Eden.

Le chapeau de mynheer Empotter était de feutre beige brut et vierge, rabattant sans artifice ses larges ailes non déformées au fer, et sans galon ni cordon aux entournures. Quant à la coupe de la veste, elle était décente non moins que seyante, simulant une sorte de soutanelle ou de paletot-sac, boutonnant hermétiquement au menton sur un col de toile non godronnée et retombant à mi-jambes sur une culotte adaptée à des bas de chausses de tricot. Le paletot-sac était complété par une courte pèlerine, et les bas de chausses par des brodequins à poil, attendu que leur cuir n'avait point subi d'opérations oiseuses. Ajoutez à cela, dans la main, non gantée naturellement, de l'homme sans fard, un bon bâton de chêne noueux, représentez-vous le personnage massif de taille, armé d'une très grosse tête, et trainant sur deux jambes en piliers un abdomen considérable; et vous pourrez vous faire quelque idée de l'original dont vient d'être esquissé le portrait à traits rapides.

— Monsieur Trottevent, jargonnait en français au moment où commence cette histoire, mynheer Empotter, en se tournant vers un petit homme tout de coutil gris habillé, qui fumait un gros cigare en se dodelinant sur un banc appuyé à la galerie du paquebot, Monsieur Trotlevent, vous oubliez donc une fois de plus les principes de notre saine nature? Quiconque aspire à la régénération de son espèce doit rejeter loin de lui avec horreur la plante à fumée et à éternuement, le tabac.

Et farfouillant dans un petit livre qu'il extirpa d'une poche creusée sous les pans de la soutanelle, le révérend continua :

— Ecoutez ce qu'il est dit à la page 309me maxime 10,765^{me} du livre de mes méditations, *La Palingénésie :*

« Le tabac noircit les dents, rend la salive impure, dessèche le corps, agite les nerfs, aigrit le sang, salit le nez, corrompt l'haleine, fait monter les brouillards au cerveau et trouble les idées qu'il fait dévier... O Palingénésie! Retour de l'homme aux instincts droits, le temps ne viendra-t-il pas où vous mettrez fin au règne des aberrations et des distractions factices! »

M. Trotlevent, le pêcheur interpellé, éclata de rire avec une bonne grosse franchise, mais fort irrespectueusement, disons-le, à l'endroit des enseignements de mynheer Empotter. Il poussa en vérité l'audace jusqu'à aspirer à pleins poumons, en se gonflant laidement les joues, une énorme bouffée de sa fumée de pestilence. Ébauchant ensuite une moue du bout de ses lèvres arrondies en museau, reniflant, faut-il le dire ? d'un jeu de narines des plus coupables, il laissa s'échapper lentement, voluptueusement, tant de son nez que de sa bouche la fumée maudite, et osa suivre en l'air le vol léger des buées qui, en s'échappant, se tordaient en spirales.

— Mon cher Mynheer Empotter, ricana-t-il, vous êtes le meilleur homme du monde, foi de Parisien! mais que diable vous a-t-il pris, un jour, de vouloir reformer l'humanité. Je vous dis, moi, qu'en dépit de votre *malingénésie*, les gens continueront de fumer des londrès et du maryland! C'est comme vos idées sur le vin...

— ... Le vin, interrompit presto mynheer Empotter en fouillant avec fièvre dans le petit livre, a plongé notre père Noé, le patriarche, dans un abîme d'ignominie. Le vin réjouit peut-être, pris modérément, le cœur charnel de l'homme, mais il attriste l'âme immatérielle et l'expose aux dangers les plus graves. Cultivez la sagesse, ô enfants du siècle, et élevez votre nature vers les régions claires d'où l'a chassée le péché d'origine ! De même qu'aux temps anciens où l'instinct plus voisin de sa source était moins enténébré par les limons de perversion, restaurez votre corps et votre âme de lait frais, cet excellent breuvage de nos pères du Testament. Joignez-y par occasion le moût et toutes sortes de jus de fruits. Réconfortez vos forces, si cela est nécessaire, avec de l'hydromel, de la bière simple, de l'orangeade, mais avant tout, à titre de boisson ordinaire, consommez l'eau argentée des fontaines !

— Quoi ! chanter des choses pareilles, à un homme comme moi qui suis marchand de vin, sauf votre respect ! Vous savez, mynheer Empotter, que j'arrive de Bercy, Seine, et que je viens en Sicile tant pour l'achat de mes vins de Marsala et de Syracuse que pour le placement de mes Bourgognes et de mes Bordeaux. Ah ! ah ! ah ! Si mes clients vous écoutaient, vous feriez de moi un pauvre Job réduit à son fumier. Vive le vin, mon révérend ! Ce qui n'empêche que je n'aime et n'estime en vous le digne compagnon de voyage avec lequel j'ai parcouru les deux tiers de l'Italie. Et tenez ! j'aperçois lord et lady Pennebrock que nous avons trouvé à Pompéï et qui ont si gracieusement consenti à ce que nous formions ensemble une caravane pour arpenter avec sécurité les routes siciliennes. Les détrousseurs n'y sont guère rares, assure-t-on. Espérez-vous convertir les brigands de Sicile à la *malingénésie*, cher mynheer Empotter ?

Ce disant, M. Trottevent, chef d'une importante maison en vins de la capitale française, voyageant moitié pour sa distraction, moitié pour son commerce, se leva courtoisement de son banc pour courir au devant de lord et lady Pennebrock, jeta à la mer, par déférence pour ces deux hautes individualités, son bout de cigare, ce que n'avait pu obtenir l'homélie de mynheer Empotter, et se disposa à se montrer, selon les us de la meilleure politesse française, gentilhomme de bonnes manières, de bonne compagnie et de bon ton.

— L'esprit de conversion souffle où il veut ; réfléchissait mélancoliquement le révérend Empotter. La palingénésie de l'instinct originel comblerait de biens infinis les générations, si les générations consentaient à se laisser diriger selon ses réformes ;

elle rapprocherait de son véritable état de jeunesse primitive notre pauvre humanité saturée de maux, mais le monde en dégénérescence a des oreilles et n'entend point, des yeux et ne voit plus, des pieds et ne marche pas!

Et en guise de consolation, mynheer Empotter lut une maxime dans son petit livre :

« Il faut vêtir le corps suivant l'instinct originel, lutter héroïquement contre la domination mensongère de la mode, proscrire les coiffures luxueuses, les vêtements collants, éviter la gêne aux pieds, au cou, à la poitrine, ne point emmailloter les nourrissons, abolir les lits de plumes.

» Vous ne couperez pas vos cheveux autour de la tête, dit Moïse, ni ne raserez votre barbe.

— Bojour, mosieu Trotlevent, prononça, en français manchot, une voix fortement entachée de l'accent trainard et sifflé entre les dents dont jamais fils d'Albion ne saura se défendre, bojour, révérend Empotter, comment vo portez-vo ?

— *Aôh yes!* Comment portez-vo vo ? continua une voix flûtée soulignant le basson de la précédente interrogation.

— *Very well, I thank you!* (Fort bien, je vous

remercie !) ânonna en vacillant anglais le révérend.

— *You are very good, Milord !* (Vous êtes vraiment trop bon, Milord !) continua dans le même idiome le commerçant parisien, et il termina dans la langue de son berceau :

— Permettez-moi de vous présenter mes hommages, Milord !

— *Aôh yes !* conclut la dame, parlons français, tojours français, si vo plait, tant que no orons le avantêge du voyage ensemble. Je désérerais perfectionner moâ dans la française langue, qui était fort belle et douce !

Et les quatre interlocuteurs formèrent un groupe accoté d'un côté au banc que Trottevent venait de quitter, de l'autre aux bastingages du paquebot.

Lord Pennebrok, tout à l'opposé du révérend Empotter, était maigre et raide comme un échalas. Sous son chapeau melon à visière rabattue apparaissait une véritable face anglaise, grands yeux calmes, nez en pointe de proue, bouche à larges dents poussées en avant, le tout flanqué d'énormes favoris blonds paille de blé et accompagné de cheveux coupés ras de manière assortie.

Un colossal Hollandais. (Page 16.)

Ce crayonnage sommaire doit suffire à vous faire voir d'ici, lecteurs, l'estimable lord Pennebrok.

Il est vêtu d'un confortable complet d'étoffe anglaise marron à carreaux. Sous son aiselle au bout d'une courroie passée en bandoulière se balancent en se disputant la place un minuscule sac de voyage et l'étui d'une gigantesque lorgnette. Le propriétaire vient d'en extirper le contenu, et les verres habilement disposés au point lui servent à consulter l'horizon du côté de Palerme.

C'est le matin; l'air est dans toute sa transparence et le ciel d'une admirable pureté. Le soleil darde sans obstacle ses feux étincelants.

Faut-il ajouter qu'au moral Milord n'a point la sécheresse de son type physique?

Excellent homme assez rond, il a, vis-à-vis de qui que ce soit, une aimable bienveillance qui n'a absolument rien de flegmatique; ce qui n'empêche, — la nationalité ne pouvant perdre ses droits, — qu'il ne soit critiqueur, positif, un peu railleur, et, dans l'occasion, dès qu'il s'agit de ses idées, de ses caprices, de ses résolutions, aussi têtu qu'un baudet de Douvres.

Peut-être, — remarquez que je dis peut-être,

pénétré de respect que je suis pour Sa Grâce le descendant de la noble famille des Pennebrok, — peut-être un auteur moins scrupuleux, vous insinuerait-il sur les dents de l'Anglais des choses désobligeantes. Peut-être, ne se gênerait-il pas pour observer que cette rangée d'officières de bouche se trouvait placée au vestibule d'un palais où la gourmandise régnait volontiers, depuis le premier déjeuner du matin jusqu'au repas du milieu du jour; depuis ce repas jusqu'au goûter de l'après-midi, depuis le goûter jusqu'au lunch; depuis le lunch jusqu'au dîner du soir; depuis le dîner, jusqu'au thé avant le coucher; et depuis le thé jusqu'au déjeuner du lendemain. Dieu me garde de médisances de cette espèce!

Tout au plus, pourrais-je dire quelque chose d'équivalent des dents de lady Pennebrok, chez laquelle cela ne saurait tirer à conséquence; une fille d'Ève, par atavisme, ayant le droit incontestable d'être quelque peu gourmande.

Le fait est qu'entre lord et lady Pennebrok, il n'était pas rare d'entendre des conversations du genre de celle-ci;

— *The beef-steak is very good!* (Le bifteck est vraiment bon!)

— *We have a leg of mutton to-day!* (Nous avons aujourd'hui un gigot de mouton!)

— *Put some sudgar into your tea!* (Mettez du sucre dans votre thé!)

— *Is your coffee strong enough?* (Votre café est-il assez fort?)

— *You eat too many cates!* (Vous mangez trop de gâteaux!)

D'où un esprit poussé à la perfection et à la palingénésie de l'instinct originel comme celui de mynheer Empotter le Hollandais, ne pouvait manquer d'inférer que lord et lady Pennebrok eussent trouvé grand profit spirituel à étudier, à méditer, à mettre en pratique les merveilleuses recommandations du petit livre aux maximes régénératrices...

Chut!... Le moment est venu, en nous joignant au groupe dont trois membres nous sont déjà connus, de portraiturer à son tour de quelques légers coups de pinceau la personne de milady Pennebrok.

Milady consulte présentement le *Guide en Sicile*.

Le paquebot lancé à toute vapeur fend l'espace et renifle, immense cachalot. A chaque tour d'hélice le panorama lointain s'éclaircit.

Voici l'antique port de Palerme; voici la ville

dont le nom tiré du grec *Pan Ormos* signifie tout jardin à cause de la fertilité du sol, et tout port, port de toutes les nations, en raison de l'importance du port.

Milady lit à haute voix dans son *Guide* une description très finement coloriée qu'a tracée de Palerme un écrivain arabe, Mohammed-Ebn-Djobaïr.

Milady s'est assise sur un pliant que M. Trotlevent a eu l'attention polie de lui approcher; M. Trotlevent écoute la lecture de Milady et le révérend Empotter a fermé personnellement son petit livre pour imiter M. Trotlevent. Debout contre le bastingage, lord Pennebrok utilise sa lorgnette.

— « Palerme, lit Malady dans le texte traduisant » Ebn-Djobaïr, est la métropole de l'île. Elle réunit » les deux avantages de la commodité et de l'éclat. » Elle offre, ô voyageur ami, tout ce que tu saurais » désirer de bon en réalité aussi bien qu'en appa- » rence, tous les fruits ou toutes les feuilles, toutes » les fleurs de la vie. Ancienne et élégante, magni- » fique et agréable, d'un aspect séduisant, elle se » pose avec orgueil entre ses places et ses plaines » qui ne sont qu'un jardin. Remarquable par ses » avenues spacieuses et ses larges rues, elle éblouit

» par l'exquise beauté de son aspect. Ville étonnante
» construite dans le style de Cordoue et bâtie toute
» en pierres de taille de l'espèce que l'on nomme
» *El Kiddan*. Un cours d'eau vive la traverse;
» quatre fontaines qui jaillissent lui servent d'orne-
» ment... Ses palais royaux sont disposés sur son
» sein, comme un collier sur une gorge, en sorte
» que des palais on passe dans des jardins ou sur
» des amphithéâtres sans quitter des lieux de délices...
» Il existe à Palerme une cité ancienne qu'on
» appelle Kassr ancien, et qui reste au milieu de
» la cité neuve tout à fait comme à Cordoue le
» vieux quartier arabe au milieu de la ville espagnole.
» On y voit dans ce Kassr de magnifiques cons-
» tructions, des galeries, des tourelles qui s'élancent
» dans l'air à perte de vue. Tout cela éblouit par
» sa beauté... »

— Voilà qui promet! interrompit le Parisien.

— La palingénésie, observa le Hollandais en *a parte*, ne condamne pas une ville parce qu'elle est belle et bien bâtie. Elle interdit simplement le dévergondage du faste et du luxe. Il est hors de doute, cependant, que l'homme, à son origine, habitait dans les cavernes ménagées par la nature à son intention. Sous les arbres des forêts qui furent les premiers temples, sur le rivage des océans sur la cime des monts, il offrait ses hommages au Créateur. Il serait désirable que l'homme civilisé se souvînt que ses ancêtres ont habité les cavernes.

— Hélas ! allez donc inculquer au siècle impie les rénovantes vérités du révérend Empotter ! Autant en emportait le vent.

Lord et lady Pennebrok, dont le palingénésiste avait conquis les sympathies par sa douceur, l'urbanité, la bonté, l'empressement avec lesquels l'excellent ministre s'employait à rendre à ses compagnons de route mille petits services, lord et lady Pennebrok, habitués aux excentricités des sectes promenant à travers Londres leurs processions et leurs étendards, avaient du reste voué à mynheer Empotter une amitié patiente. Ils supportaient gaiement ses jérémiades et ses sermons sans entreprendre d'objections, sans répondre.

A ce prix, mynheer Empotter était le plus agréable des associés pour voyager.

Il est possible que ses doctrines amusassent, à l'instar d'une comédie de Sheridan ou de Goldsmith, deux insulaires occupés à tuer le temps.

Ainsi en était-il à peu près encore des rapports entre Empotter et le marchand de vin en gros de Bercy.

M. Trottevent, avec sa finesse caustique de parisien voyageant pour son compte, acceptait Empotter comme un franc et loyal original, d'obligeant voisinage et assez drôle à analyser. Et lui aussi pardonnait volontiers à l'apôtre de la palingénésie les tentatives d'embauchage et les boutades.

Pauvre mynheer Empotter!

Ainsi que saint Jean, il prêchait dans le désert, Il n'existait aucune chance que Trottevent se décidât, autrement qu'en fraude, à changer son vin en eau; ni que lord et lady Pennebrok se missent à manger des sauterelles, sinon que ces insectes fussent en chocolat.

Milady continuait sa lecture :

— « Le blé est le principal commerce en Sicile.
» On l'enferme dans des silos creusés dans le roc
» et qu'on bouche avec soin; il s'y conserve très
» bien et très longtemps. Les autres végétaux
» cultivés en Sicile sont la soude, le riz, la vigne,
» la noix de pistache, la réglisse. On y trouve le
» figuier de Barbarie ou d'Inde, l'oranger, le grenadier,

» l'amandier, la bergamotte, l'azédarac, l'olivier, le
» bignomia, le figuier, le palmier dattier, le grand
» yucca, le caroubier, le châtaignier, l'aloès ou
» zabara, le tamarinier, le palmier nain, le laurier
» rose, le palma-christi, l'arbousier, le jasmin
» d'Espagne, le melon d'eau, l'acanthe, le cassier,
» le chanvre, etc. Le miel est d'excellente qualité.
» Il y a eu pendant quelque temps une exploitation
» de cannes à sucre aux environs d'Augusta, mais
» on a cessé de s'occuper de cette branche d'industrie.
» La Sicile est riche en eaux minérales et en eaux
» thermales. Les marbres sont abondants et pourraient
» être d'un grand produit. On trouve sur les côtes
» et à l'embouchure des rivières du jaspe et de
» l'ambre. Les mines d'or, d'argent, de fer, de
» cuivre, sont négligées ; celles de soufre, d'alun,
» de nitre, de mercure, de sel fossile, de vitriol,
» sont exploitées avec activité. La pêche du thon
» est très productive... »

— Hum ! Hum ! interrompit derechef ce diable de Trottevent, et les bandits ? votre Guide, gracieuse lady, ne mentionne-t-il pas les bandits au nombre des productions de l'île, dont certes vous venez de nous fournir une longue et complète énumération ?

— Les bandits ! Ah ! mosieu Trootlevent, croyez-vo sérieusement que la Sicile possède des bandits ?

— Dam ! On le prétend !

— Aoh ! Tésez-vo ! Je étais iounc paouvre feme très craintive ! Vo donnez le tremblement à moâ avec vos suspicions ! De grâce, mosieu Pennebrok, croyez-vo aux bandits de la Sicile ?

— Je connais, Médème, votre caractère piousillanime ! Rassurez-vo ! Jé avais pris des positifs renseignements au biourcau des rapports internationaux, à Londres. La Sicile elle était ojord'hui éxpiourgée perfétement, et le police exerçait une active siourveillance ! Des bandits ! Je donnerais cinq cents guinées pour trouver onne bandit !

— Oh ! oh ! oh ! ricana Trotlevent !

— Avec la palingénésie, soupira Empotter, point de bandits ! A chacun son dû, et aidez-vous les uns les autres !

— *My dear !* frissonna lady Pennebrok, je étais ioune paouvre feme. Jé avais peur des bandits !

L'Anglais rebraqua sa lorgnette, l'Anglaise secoua d'une main nerveuse sa jupe d'alpaga blanc, appliqua sur la courbe aquiline de son nez un binocle à monture d'or, sembla implorer mentalement les secours divins contre tout banditisme et tout mal, et reprit sa lecture.

Lady Pennebrok pouvait avoir une quarantaine d'années, une dizaine de moins que son mari, une dizaine de plus que le fringant Trottevent. Quant à mynheer Empotter, il accusait l'incertain entre trente-cinq ou soixante ; la palingénésie n'a pas d'âge.

Dans toute sa personne fluette, l'Anglaise ne manquait pas de grâce.

Ses traits étaient réguliers ; sa chevelure d'un châtain clair encadrait harmonieusement son visage ovale illuminé de deux yeux bleus d'un vif éclat.

Elle lisait toujours en scandant les mots :

— « Les Siciliens sont, en général, d'un naturel
» bon et facile. Ils subissent d'une manière remar-
» quable l'influence du climat sous lequel ils vivent.
» Le soleil donne une grande activité à leurs facul-
» tés morales et un développement très rapide à
» leurs forces physiques. Ils ont une intelligence
» déliée, une imagination ardente, des sentiments
» vifs, des élans fougueux et bientôt après une
» grande apathie, un penchant irrésistible à la
» mollesse. Ils sont fidèles, affables, hospitaliers,

» pleins d'esprit, de gaieté et d'enthousiasme, mais » rusés et vindicatifs. Une certaine noblesse règne » dans leurs actions et embellit même leurs fautes. » Leurs conversations sont animées, pressées, entre- » mêlées de gestes et d'exclamations. Chez eux, la » parole est aidée par le mouvement des yeux, des » narines, du menton et des doigts. Ils ont l'ins- » tinct de la poésie et un goût distingué pour les » beaux-arts. La Sicile a produit, dans l'antiquité, » un grand nombre de philosophes, de poètes » comiques, tragiques et bucoliques. Frédéric II » cultiva et y fit régner les lettres et, dans notre » siècle, Meli a renouvelé la gloire de Théocrite et » de Moschus. Une école de peintres habiles a » longtemps fleuri à Messine et les Siciliens peuvent » citer avec orgueil leur peintre Pietro Novelli et » leur statuaire Gagini... »

— Hum! hum! fit Trottevent, dans tout cela il n'est, en vérité, nullement question de bandits!

Trottevent ignorait-il que les *Guides* en Sicile ou ailleurs ressemblent aux affiches de réclame où apparaissent si heureusement historiées les plages de bains de mer, les coins de villes d'eau, les cascades, les glaciers des montagnes? Dans ce mélange de vert, de bleu, de rose, tout est alléchant, tout céleste. De même, les *Guides* peignent tout en beau.

Feuilletez avez Milady le *Guide en Sicile;* vous finirez bien par y trouver ceci au bas d'une page :

— « ... Les routes offrent une sécurité parfaite ;
» on a ridiculement exagéré en représentant la
» Sicile comme un repaire de brigands. La statis-
» tique des tribunaux fait foi que les meurtres y
» sont si rares, que nulle part ailleurs on ne voit
» si rarement se dresser l'échafaud... »

Ce serait à croire que la palingénésie de mynheer Empotter a passé par là !

— Aho! conclut Milady, je souis très pleinement rassourée! Moa! paouvre feme craintive!

Cependant le paquebot entrait dans le golfe et, dans la partie la plus profonde de ce golfe arrondi, grandissait la capitale.

On voyait sans le secours de la lorgnette de lord Pennebrok les blancs édifices venir border en immense galerie, la ligne où les flots s'arrêtent. La mer devenait subitement calme, les vagues s'aplanissaient par enchantement se fondant en plaque de lapis-lazuli. A l'ouest, le mont Pellegrino aux arêtes rudes et tranchées, aux flancs arides et rougeâtres, se reflétait ombreux sur l'onde, qui prenait ailleurs par endroits des couleurs vives et brillantes.

Spectacle éblouissant et grandiose!

— No avons plus que le temps de no accorder sur le steambot un *luncheon!* s'exclama avec un admirable à.propos lady Pennebrok. Venez, Milord! Un *luncheon* avant de dîner à la *Porta Felice* de Palerme! Jè avé oune énorme appétit! Venez!

Et lord et lady Pennebrok, oubliant bandits siciliens et panorama splendide se déroulant devant leurs regards, se précipitèrent vers l'entrepont du paquebot dans la direction de la salle à manger.

Trottevent et Empotter se gardèrent bien de les suivre au carnage.

Monsieur Trottevent préféra savourer un nouveau cigare, et pour ne pas perdre une minute du temps que la Providence accorde, ce qui est une recommandation pieuse et louable de la Palingénésie, mynheer Empotter réentr'ouvrit son petit livre, guide moral infiniment supérieur au *Guide en Sicile* de lady Pennebrok :

— « Abstiens-toi de tout ce qui est piquant,

salé, amer, aigre, de tout ce qui se corrompt et devient fétide. Rassasie-toi des fruits des jardins, des poires du verger et des grappes de la treille! Place ton repas principal après les labeurs du jour. Songe à la signification sublime du jeûne! Dis à jamais *raca* aux ragoûts de Babylone et aux oignons d'Egypte! L'homme primitif ne mangeait rien de ce qui a respiration, chair et sang! Régénère-toi par la Palingénésie!.... »

II

Gourmandise et frugalité. — Recettes vinicoles. — Le signor Camillo, maître d'hôtel, et le guide Ulisse Brandini de Biancavilla. — Palerme et les fêtes de Sainte Rosalie.

Quelques heures plus tard, dans le réfectoire de l'hôtel de la *Marina*, en plein milieu d'un des plus élégants quartiers de Palerme, quatre voyageurs s'attablaient.

La table était abondamment et luxueusement servie.

A côté des mortadelles italiennes, s'alignaient les jambons de Montreale, les saucisses de Trapani, les pâtés de Sélinonte, les galantines de gibier tué aux rives de l'Anapo, près Syracuse, dans les montagnes de Caltaniselta, ou dans les plaines que baigne le Trachino.

Ce qui n'empêchait les accortes servantes vêtues à la parisienne avec de longues serviettes serrées à la taille et, aux avant-bras des manchettes éblouissantes de blancheur, de venir joindre à cet amas de victuailles les plats fumants qu'envoyait le fourneau de la cuisinière, les daubes grasses, les braisés onctueux, les rôtis dorés.

— *What dish is that ?* (Quel est ce plat?), susurrait Milady en clappant des lèvres, et désignant une grosse timbale d'où s'échappait un fumet suave.

— Truites de Fergusa ! tonna la voix du maître d'hôtel, qui s'empressa d'échafauder sur l'assiette de la dame une portion copieuse.

— *I don't like fish because of the bones !* (Je n'aime pas le poisson à cause des arêtes !) geignait l'époux de la mangeuse.

— Où est le tire-bouchon? interrogea un gosier français disposé à nouer relations avec les flacons du cru. Passez-moi votre verre, *if you please* (s'il vous plaît) Milady !

Les bruits du cristal remué, les glouglous des bouteilles se déversant, les cliquetis des fourchettes grattant la porcelaine, se mêlaient aux propos entrecroisés, et produisaient la plus harmonieuse musique qui ait jamais réjoui des oreilles anglaises.

Seul, un peu à l'écart, un triste convive poussait des soupirs à fendre les coupes, et grignotait une tranche de pain assaisonnée d'un grain de sel, de quelques figues et de noix sèches.

Sans se détourner vers ses voisins de peur de corrompre ses sens régénérés, dédaignant jusqu'à la vue de ce festin sardanapalesque, celui-là lisait en mâchonnant, dans certain petit livre ouvert devant sa maigre assiette :

— « L'homme ne vit pas pour manger et boire, et ne doit boire et manger que pour vivre ! Ne plonge pas ta bouche dans le miel parce qu'agréable à tes lèvres le miel serait amer à tes entrailles !... »

Là-dessus, poussant un soupir, mynheer Empotter, l'homme de cette sobriété, se versa une rasade d'eau limpide et l'avala d'un trait.

— Les vins de Sicile sont des nectars ! déclarait M. Trollevent. Hurrah ! pour les vins de Sicile !

Ce qui n'empêchait qu'en même temps Trollevent ne débouchât à grand fracas une bouteille à capuchon d'or, d'origine notoirement étrangère à la Sicile ; et qu'il n'en versât le flot pétillant dans d'élégants hanaps, en ajoutant avec entrain croissant :

— Maintenant, charmante Milady, un doigt de vin de Champagne en votre honneur! Et vive les vins de France !...

Au bout de quelques minutes, mynheer Empotter, le gros mynheer Empotter taillé en muid, bouffi d'embonpoint, et si exemplairement frugal, expliquez ce phénomène! s'arracha à son régal d'eau et de fruits secs, s'essuya les lèvres, rejeta sa serviette et, toujours serviable, s'en alla converser dans une pièce voisine avec le signor Camillo, propriétaire de l'hôtel de la *Marina*.

— S'il vous plaît, Signor, interrogea le révérend en italien, le révérend ayant la spécialité d'estropier toutes les langues sans en bien parler aucune, s'il vous plaît, les chemins sont-ils sûrs pour parcourir l'île? Soyons francs!

Le signor Camillo éclata de rire.

— Si les chemins de l'île sont sûrs! Vous demandez si les chemins de l'île sont sûrs; mais, mon digne Seigneur, on pourrait faire traverser l'île à un mulet sans protecteur, qui porterait sur son dos dans une hotte tout l'or des finances du roi Humbert, et le mulet reviendrait sain et sauf sans qu'un baïocco ait été soustrait à son dépôt, après avoir accompli le tour de nos côtes.

— Que ne comprenez-vous le hollandais, signor Camillo ; je vous répondrais *Metbiltykheit !* (c'est bien !) Vous me donnez confiance !

Le signor Camillo ne se tenait pas de rire.

— On a pendu le dernier fripon de Sicile il y a des siècles, brave Seigneur ; du temps où il y avait un *maëstro portolano* qui veillait aux ports de mer et aux grains, et un *maëstro segreto* préposé aux perceptions des revenus du roi.

— Bien ! bien ! C'est que, voyez-vous, je ne voyagerai pas seul à travers vos vallons.

— Oh !

— C'est comme j'ai l'honneur de vous le dire ! Nous visiterons la Sicile à quatre, dont trois restaurent leurs forces, là, à votre table, en ce moment même.

— Et qui sont ?

— L'Anglais et l'Anglaise, lord et lady Pennebrok.....

— Ceux qui mangent comme dix Napolitains ?

— Je ne dis pas non !

— Puis?

— Puis le Français, M. Trollevent.

— Celui qui boit comme quinze Milanais ?

— C'est possible !

— Et le quatrième ?

— Moi-même, Signor, moi-même ! On me nomme le révérend Empotter; autant que concilier se peut, je ne bois que de l'eau, et me contente de pain sec et de fruits... Je suis apôtre de la Palingénésie...

— De la Palin... quoi ?...

— Signor Camillo, agréez de ma main ce petit livre et veuillez le méditer.

Tirant un volume frais, soigneusement empaqueté de papier bleu, des mystérieux bas-fonds de sa soutanelle, mynheer Empotter remit le volume au signor Camillo qui le transmit sans broncher à la poche de sa propre redingote.

— Dites-moi, Seigneur Empotter, vos compagnons sont-ils riches ? Oui, sans doute ! A vous quatre, emporterez-vous une somme considérable ?

— Heu ! Vous comprenez que ni Anglais ni Français ne voyagent sans une bourse rondement garnie. Quant à moi, la Palingénésie m'impose le devoir de me suffire avec peu...

— Tenez, Seigneur Empotter, je réfléchis! Vous et vos compagnons faites-vous accompagner par des gendarmes. Moyennant finances, tout s'obtient en Sicile!

— Des gendarmes???

— Sans doute!

— Mais... les chemins ne sont donc pas sûrs? Le signor Camillo fut repris du besoin de rire.

— J'ai eu la satisfaction de vous dire que les chemins étaient aussi sûrs que la rue devant mon hôtel.

— Alors?

— Alors, prenez une escorte de gendarmes!.... Vous comprenez, Seigneur Empotter, que les gendarmes de Sicile n'auraient qu'à bailler dans leur sinécure, si les riches voyageurs ne se faisaient escorter par eux, moyennant finances.

— *Och! Ach! ach! och!* glapit dans sa langue maternelle mynheer Empotter, dont ce raisonnement singulier ahurissait la Palingénésie. Signor Camillo, j'en conférerai avec mes consorts!

Quittant l'hôtelier, le bon, le prévoyant révérend surmonta le dégoût que ne pouvait manquer de lui inspirer le désordre d'une table où le dîner s'achevant, çà et là gisaient les dépouilles opimes, et il aborda les trois dîneurs qui ne semblaient nullement en proie à des actes de mélancolie.

Ils en étaient au café et aux liqueurs.

Au préalable, mynheer Empotter rassujettit l'équilibre de son énergie apostolique par la lecture d'une maxime appropriée à la circonstance :

— « Pour celui qui a le véritable instinct, la » tasse à café et à thé est un calice d'enfer! La » Palingénésie proscrit à tout autre titre que celui » de remède dans les cas d'impotence et d'infirmité, » les décoctions, les infusions, les distillations quel» conques. Garde-toi de joindre de l'eau bouillante » à quelque mélange que ce soit! Pareille eau » devient un philtre! La qualité la plus essentielle » de l'eau, celle d'étancher la soif par son énivrante » fraîcheur, en pareil cas n'existe plus...

Ayant lu, mynheer Empotter exposa de la plus péremptoire façon, en face de qui de droit, la conversation qu'il venait d'avoir avec le signor Camillo.

— Des brigands! ricana lord Pennebrok avec flamme. Vo serez tojours le même, révérend Empotter : *God save the queen!* Jè vo ai dit que je accorderais cinq cents gouinées pour voar eune brigand !.... Des gendarmes! Vo doneriez à no le apparence de scélérats que on traîne ! No serions no les brigands, *by my valour !* (par ma valeur !)

Ce qui n'empêchait pas les accortes servantes.... (Page 42.)

— Je étais une tioumide feme, hasarda Milady, mais je espère, *certainly* (certainement) je espère que no troverons pas des brigands !

— En achetant du vin de Palerme, réfléchissait

le négociant de Bercy en train de simuler sur la nappe du bout du doigt une opération d'arithmétique, en achetant du vin de Bercy à six *carline* (2 fr. 55) les trois *caraffe* (la caraffa est une bouteille de 0 l. 72); qui m'empêchera d'en tirer du *lacryma christi* à 15 francs le flacon? Les trois flacons vaudront 45 francs. De 45 francs ôté 2 fr. 55 pour les trois *caraffe* cela fournira 42 francs 45 de boni! J'achète 3000 *caraffe*, c'est-à-dire quelque chose comme 3 carri (le *carro* est un tonneau de 1047 litres ou 6 *botti* (le *botto* est une pipe de 523 litres 50) et je réalise un bénéf de quarante-deux mille francs, moins à défalquer les droits de douane et d'entrée!

Trotlevent se frotta les mains et se versa de la façon la plus attentatoire à la palingénésie une dose démesurée de marasquin de Zara, fabriqué chez les Dalmates.

— Je défie les brigands d'empêcher mon bénéfice, prononça-t-il à haute et intelligible voix.

Et se parlant de nouveau à lui-même :

— Comment se compose le lacryma-christi, dis, mon ami Trotlevent? C'est tout simple! 100 litres de vin muscat de raisins secs blancs, 12 litres de sirop de raisins, 3 litres d'infusion d'écorces d'amandes, 2 litres d'infusion de brou de noix, 10 litres d'esprit de vin à 86 degrés. On colle au sang cristallisé. On soutire huit jours après. On filtre ; on met en bouteilles ; on couche en cave ; on couvre d'araignées et on vend 15 fr. le litre. Mon lacryma-christi sera le meilleur de tout Bercy ! Tu es trop honnête pour devenir millionnaire, Trotlevent !

Trotlevent en était là, quand le signor Camillo opéra avec grave dignité son entrée dans la salle, et salua trois fois ; une fois à la porte, une fois à mi-chemin de la table, et une dernière en se campant vis-à-vis des quatre touristes.

— Vous avez daigné m'interroger, Seigneur, dit le signor Camillo s'adressant plus spécialement à mynheer Empotter, j'ai pris le temps d'étudier la question. Me permettez-vous de mettre les conseils de mon expérience à vos ordres ? Il n'y a point de brigands en Sicile ; ne vous placez donc sous la protection d'aucuns gendarmes, si cela vous répugne ; prenez tout simplement pour vos excursions, en notre pays béni du ciel, un guide, un bon guide que je vous fournirai !

— *Isark !* (Ecoutez !) le brave hôme il avait

raison, applaudit lord Pennebrok. Eune guide, eune bône guide ; il no lé faut !

— *Undoubtedly !* (indubitablement !) rencherit Milady !

— Pour faire du vin de Syracuse, marmottait Trotlevent, on prend du vieux Roussillon !...

Et changeant de thème :

— Prenons un guide, un bon guide ! je le paierai à moi tout seul, si on me le permet !...

— No ! No ! mosieu Trotlevent !

— *Plague on't !* (Fi donc !)

— Oui ! Un guide, un guide sûr ! approuvait Empotter.

— Et por seciourité, no emporterons baocoup de pistolets !

— Pour faire du marsala, prenez une peau de bouc !... Oui ! des pistolets ! Nous nous munirons de pistoles et de pistolets !

Trotlevent, après le marasquin, ne résista pas au besoin de hasarder ce misérable calembour.

— Je vous fournirai le guide ! conclut le signor Camillo. A ce guide, vos seigneuries joindront, s'ils m'en croient, quelques domestiques ou un domestique pour le moins.

— *Oh indeed!* (Oui dà!) eune domestique!

— Accepté le domestique!

Le révérend Empotter hocha de la tête. La palingénésie ne permet point de domestiques.

« Ne te fais point servir par ton semblable qui est ton frère » est-il écrit à la maxime 503me.

Mais, il est dit aussi à la maxime 534me :

« — Ne contrarie point le sentiment de ton prochain s'il est impossible que son cœur t'entende. »

Et par mesure de conciliation, le révérend garda pour lui ses scrupules.

— Je étais eune débile! fit lady Pennebrok; je approvais fort avoir eune domestique!

Déjà suffisamment renseigné sur les intentions de ses hôtes, le signor Camillo, de plus en plus grave, avait pris congé à reculons en renouvelant ses trois révérences.

Il revient au bout de cinq minutes.

— Vos seigneuries me permettront-elles de leur présenter le guide que je leur ai choisi?

Le signor Camillo était accompagné d'un jeune homme de mine assez avenante et d'un type italien accentué.

Petit de taille, carré d'épaules, allègre d'allures,

ses mouvements décelaient la souplesse et l'ardeur.

Sur sa figure hardie, au-dessous d'un front bombé, se busquait un nez d'aigle, tandis que sa bouche petite, malicieuse, dont l'arc était dessiné par une fine moustache, s'harmonisait avec de grands yeux noirs aux longs cils.

Le signor Camillo, le présentant, apprit à ses hôtes que ce guide se nommait Ulisse Brandini, de Biancavilla, près de Catane, et Ulisse Brandini, tout en étudiant la physionomie de ses nouveaux maîtres d'un œil scrutateur, salua de la meilleure grâce du monde.

— Ainsi donc, Ulisse interrogea l'obligeant Empotter, vous vous faites fort de diriger nos pas ?

— Parfaitement !

— De nous mettre à même d'apprécier les curiosités principales, les endroits marquants, les villes en renom de la Sicile ?

— Assurément !

— De nous préserver de toutes mésaventures et de tous dangers ?

— Certainement !

— De nous ramener ici même au bout du voyage,

sains et saufs, à notre point de départ dans l'hôtel du signor Camillo?

— Incontestablement!

— *Faith!* (ma foi!) chuchotta lord Pennebrok, voilà eune conversetione qui me plaisait baocoup fort. Ulisse Brandini était *very well* carré de péroles et de torse! Aoh! Cet jeune homme ne me semblait pas du tout babillard; il est vraiment sériouse!

Le signor Camillo jugea le moment venu de faire l'éloge du jeune guide.

A l'entendre, Ulisse Brandini, de Biancavilla, n'avait son pareil ni pour l'intelligence, ni pour la probité, ni pour la discrétion, ni pour le dévouement, ni pour le désintéressement, ni pour le courage, ni pour la connaissance des lieux et des routes, ni pour quoique ce fut parmi les guides présents, passés ou futurs dont les voyageurs en Sicile ont eu, ont, ou jamais auront besoin en entreprenant leurs excursions.

Et quelles références que celles d'Ulisse Brandini, de Biancavilla!

Le propre frère de lait du maitre d'hôtel de la Marina, un certain Francesco Gemella, possesseur de magnifiques côteaux boisés dans le voisinage de

Canicatti, avait recommandé de la plus chaude façon ce modèle des *cicerone* à la bienveillance du signor Camillo.

Il eut été vraiment à désirer que le signor Francesco Gemella put entendre l'apologie d'Ulisse Brandini telle que la prononçait le signor Camillo; car le signor Francesco n'eut pas manqué d'être content de son frère de lait.

— Et comment procéderez-vous pour diriger nos pas, mon cher monsieur Ulisse? s'inquiéta le Français oubliant un instant ses comptes et ses formules de fabricant vinicole. Comment viendrez-vous à bout de sauvegarder nos personnes, et comment réussirez-vous à nous mettre en présence de toutes les merveilles et curiosités que possède la Sicile, sans en excepter aucune? Il me semble que c'est beaucoup promettre et entreprendre à vous seul!

— Vous oubliez le domestique, seigneur Français! riposta vivement le maitre d'hôtel, comme si la moindre apparence de soupçon vis-à-vis des capacités de son protégé lui rendait l'âme anxieuse; et je ne puis mieux agir qu'en abandonnant à Ulisse Brandini, avec votre permission, le soin de choisir lui-même à son gré ce subalterne parmi ses camarades de Palerme. Cela ne contrarie-t-il point Vos Seigneuries ?

— No ! no ! opinèrent l'Anglais et l'Anglaise.

— C'est pour le mieux ! appuya mynheer Empotter ; pouvez-vous nous fournir un bon domestique, Ulisse.

— Facilement !

— Quant au surplus, continuait le signor Camillo aussi loquace que son pupille se montrait avare de paroles, Vos Seigneuries connaissent sans doute la mode ordinaire de voyager chez nous ?

— Dites ?

— Expliquez-vo ?

— On se fait suivre en chemin de fer et partout d'un guide comme Ulisse Brandini et d'un ou de plusieurs domestiques, mais à part cela, pour les excursions de localités, pour les pointes à pousser dans les coins de vallées que la ligne ferrée ne traverse pas, on loue des guides et des auxiliaires particuliers. Ulisse Brandini se chargera de ce soin à votre intention sans que Vos Seigneuries aient à prendre aucun souci !

— Diable ! diable ! se dit le révérend Empotter, la palingénésie défend les grosses dépenses :

— « Tu ne prodigueras point l'or des richesses

à des superfluités frivoles, mais tu seras charitable envers les pauvres et les artisans! »

Et tout haut il observa :

— Que d'argent jeté au vent, *eilaas!* (hélas!)

— Je goûtai fort le méthode semblable de voyager, moâ,! opinait lord Pennebrok.

— Et moâ comme vo, Milord! consentait Milady.

— En France, ricanait Trottevent, on se range à l'avis de la majorité? Loi du suffrage universel!

— *Nonsense!* (Bah!) finissons-en! articula péremptoirement l'Anglais.

Et comme s'il devinait la préoccupation du Hollandais il l'interpella à brûle pourpoint :

— Vo êtes mon invité, *my dear* (mon cher) Empotter; et lord et lady Pennebrok possèdent eune assez satisfaisante fortioune pour craindre pas la perdition d'eune peu pious de livres-sterling.

Alors brusquement se retournant vers le guide, et coupant court ainsi à toute velléité d'objection ou de remerciement de la part du gros prédicant :

— Ulisse, montrerez-vo à no des brigands? Je désirais fort voir des brigands ; je donnerais cinq cents guinées pour voar...

— Oh! fit Ulisse Brandini, dont les yeux noirs

lancèrent des flammes, et dont les lèvres minces se détendirent en un sourire plein de finesse.

— Oh! fit de son côté ce bon M. Camillo, qui se vit obligé de se prendre les flancs à poignées, tant il se sentait le besoin de rire, de rire aux éclats.

— Si je pouvais convertir ces Siciliens à la palingénésie! soupirait l'apôtre Hollandais consumé de zèle.

Tirant un nouveau petit livre des basques de sa redingote, il en fit cadeau à Ulisse Brandini, qui le reçut en ébauchant de la tête une salutation.

— Oh? répétèrent encore ses lèvres minces.

— Maintenant, termina le signor Camillo en rattrappant de son mieux sa gravité fugace, je conseille à Vos Seigneuries de visiter Palerme. Ulisse Brandini vous guidera. Je cours faire atteler une calèche à deux chevaux . . . .

. . . .

Une demi-heure ne s'était pas écoulée que les Palermitains, dont la curiosité est proverbiale, pouvaient voir, traversant au trot les rues *Macqueda* et *del Cassaro*, le *foro Borbonico* et le quartier de la Marine, un lourd carrosse contenant un Anglais maigre et long, une agréable Anglaise, un Hollandais d'envergure démesurée et un petit Français remuant et babillard.

A côté du cocher se prélassait le jeune guide Ulisse Brandini, content de son sort, et se promettant mille félicités en si illustre compagnie.

Qui eut suivi le carrosse à toutes ses étapes, au *Ponte del Ammiraglio*, jeté sur la rivière d'*Oreto* par l'amiral Georges d'Antioche, à l'église de *San-Giovanni-dei-Leprosi*, fondée par le comte Roger, à peu de distance du pont, à celles de la *Maggione*, de *San-Cataldo*, de *San-Spirito*, de *San-Giacomo-la-Mazzara*, au couvent de *San-Salvadore*, à la *Piazza Bologni*, la *Piazza Pretoriana*, la *Piazza des Quattro Cantoni*, à la *Porta-Nova*, au palais mauresque de la *Cuba*, à l'hôpital de l'*Albergo dei Poveri*, etc., celui-là eût pu observer que ce digne Ulisse Brandini, de Biancavilla, devait être fort connu et apprécié de toute une honorable classe de citoyens de Palerme.

Pas un *lazzarone*, pas un mendiant, pas un *aquinolo* (marchand d'eau glacée) qui n'échangeât d'un clignement d'œil, d'un demi-geste discret, d'un salut à peine perceptible, quelque signe d'intelligence avec Ulisse, si haut élevé en dignité.

L'un, couché sur la marche d'une demeure opulente ou à la porte d'une église, se soulevait sur son coude pour voir passer Ulisse; l'autre, ravaudant un *saltimbarco* (vieille houppelande), assis sur un balcon, arrêtait son aiguille; celui-ci, battant les vieilles semelles en son échoppe de savetier, suspendait ses cadences; celui-là, sortant des rangs de *facchini* (misérables). rôdant de droite et de gauche, applaudissait de loin en claquant des doigts; d'aucuns exécutaient, dans l'ombre d'un mur, un pas de tarentelle; tous fêtaient l'exaltation en l'honneur de leur camarade; tous semblaient dire d'un commun accord :

— Bravo Ulisse! En avant! Que saint Côme et saint Damien, protecteurs de Palerme, te soient en aide dans tes entreprises! Et nous sommes là, nous, prêts, tant que nous sommes, à te prêter protection et main-forte!

Ciel! que le vénérable Empotter eût eu à régénérer parmi cette population, avant de remettre en honneur les vrais principes de la palingénésie originelle!

Ce qui n'empêche que nos quatre voyageurs jouissaient en pleine sécurité et sans nulle défiance du charme délicieux de leur promenade.

A Palerme, la vie se passe dans la rue.

Nous nous cachons, nous autres, dans l'intérieur de nos maisons; nous sommes contents quand nous avons mis quatre murailles entre nous et le ciel.

A Palerme, tout a lieu en plein vent, le travail, les affaires, les plaisirs. Les femmes y arrangent leur chevelure en vue de tout le monde; les artisans travaillent au seuil de leurs portes sur les trottoirs.

Au rez-de-chaussée, les maisons n'ont que trois murailles; de simples piliers forment la façade. Par les ouvertures, l'œil pénètre dans les ateliers, les boutiques, les cabinets d'affaires; il n'est pas jusqu'aux notaires qu'on ne voie attablés au milieu de leurs dossiers donnant des ordres à leurs clercs et recevant leurs rares clients.

Toutes les fenêtres des étages sont armées de balcons et de belvédères. Quelques-unes sous le toit sont grillées, et, comme les moucharabiés orientaux, servent à voir sans être vu.

La promenade est une des distractions locales les plus appréciées.

La mer est si belle, s'étendant à perte de vue; le mont Pellegrino d'un si rafraîchissant aspect avec ses ondulations anguleuses à l'Orient, ses collines vertes, ses pics dénudés à l'Occident!

Les parapets des quais sont taillés en forme de bancs; on vient s'y asseoir, on regarde les flots se briser, l'écume blanchir les sables et les rochers du rivage.

Le soir, une foule de calèches, de piétons parcourent la ville, s'arrêtent, se croisent, s'abordent. Les femmes sont en toilette, non plus ornées du costume original qui couvrait de grandes mantes leurs épaules et voilait leurs figures sous un pan de schall, mais habillées suivant les modes françaises ou anglaises. Les hommes étalent leurs gants beurre frais et leurs redingotes noires.

Pendant trois mois de l'année, de neuf à dix heures du soir, un orchestre joue des morceaux entraînants sur la jetée de la *Marina*, et l'harmonie de ce concert se mêle au bruissement des vagues.

Les Palermitains affectent, comme les Italiens en général et comme les Espagnols, une religiosité exubérante, une piété louable, mais plus démonstrative souvent que théologale.

Sainte Rosalie est la patronne de Palerme.

Une grotte naturelle creusée dans le mont Pellegrino à environ une demi-lieue de la ville, servit, en 1159, de retraite à sainte Rosalie, qui y termina ses jours. Près de cinq siècles après, une peste cruelle dévastant la ville, les Palermitains, avertis par la vision d'un saint moine, allèrent chercher dans la grotte les os de la Sainte et les transportèrent dans leur cité. La peste cessa.

On transforma la grotte en chapelle, on y plaça une statue en marbre et bronze doré. On bâtit auprès un couvent, et l'on institua, en mémoire de la délivrance miraculeuse de la ville, des fêtes brillantes qui subsistent encore aujourd'hui dans leur pompeuse naïveté.

Parler de Palerme sans donner de détails sur les fêtes de sainte Rosalie, serait comme parler de Naples sans s'inquiéter de saint Janvier.

La fête annuelle commence vers le 10 juillet et dure cinq jours.

Ces réjouissances font le bonheur de toute la population de Palerme. On s'en occupe, on les prépare longtemps à l'avance ; on y dépense de grosses sommes d'argent, et les étrangers y accourent en grande affluence.

Le premier jour, un char, portant un échafaudage de quatre-vingts pieds de haut et de soixante-dix de long, s'avance traîné par des bœufs ou des mules le long de la rue de Cassaro, depuis la *porta Felice* jusqu'à la place de la Cathédrale. Le char et l'échafaudage dont la forme et les ornements varient chaque année, sont décorés avec une grande magnificence, couverts de draperies et de guirlandes de fleurs.

Le char renferme dans ses flancs, non pas des guerriers comme le fameux cheval de Troie, mais des musiciens. Au sommet de la machine se dresse la statue colossale de sainte Rosalie. A différentes hauteurs s'étagent des anges, des chérubins, des personnages allégoriques. Le soir, la ville est illuminée; on tire un feu d'artifice à la *Marina*, et divers tableaux à transparents rappellent la vie de la pieuse patronne.

ULISSE BRANDINI

Le second jour, la fête s'ouvre par des courses de chevaux libres, dits *barbari*. Le char suit le même chemin que la veille, éclairé par un nombre prodigieux de flambeaux.

Le troisième jour, encore des illuminations et des feux d'artifices.

Le quatrième jour, nouvelles courses. Les autorités civiles, ecclésiastiques et militaires, se réunissent dans la cathédrale où scintillent « sept mille bougies. » L'archevèque de Palerme donne sa bénédiction.

Le cinquième jour, le plus solennel, après une messe à laquelle assistent, dans la cathédrale, le lieutenant général, toute sa maison, et tous les fonctionnaires; une immense procession se déroule, emportant la châsse vénérée. On y voit la garnison, les corps de métiers bannières en tête, les congrégations religieuses, tout le clergé séculier. A quoi bon parler du luxe des ornements, des brancards portant les statues d'argent massif, de la musique, des cierges sans nombre, de l'enthousiasme indescriptible de la foule criant :

— Vive sainte Rosalie!

La châsse a cent porteurs, marchant lentement. Derrière, suit le premier prélat de l'ile qui, le plus souvent, est un cardinal.

Soient donnés ces détails pour ceux qu'ils peuvent intéresser.

Et, quittant Palerme pour poursuivre ce récit, enfonçons-nous dans les campagnes où la Sicile légendaire est bien encore aujourd'hui, certes, ce qu'hier elle était.

III

Le savoir-faire d'un honnête Guide. — Une chanson que le vent apporte. — Trapani. — Francesco Gemello, artiste sur mandoline. — Les momies du couvent des capucins et l'écriteau de mauvais augure.

Par vaux et par chemins, usant de tous les moyens de locomotion à eux offerts, heureux d'être ensemble, ce qui constituait une sorte de sécurité, se fatiguant le moins possible et devisant gaiement, ainsi trottinaient de Palerme à Montreale, à Partenico, à Alcamo, à Calatafimi, à Ségeste, etc., les quatre voyageurs confiés aux soins d'Ulisse Brandini.

Celui-ci, tirant avec un superbe à propos des billets à ordre sur la bourse de lord Pennebrok, accomplissait des merveilles.

Non que le guide, né à Biancavilla, fut devenu loquace, mon Dieu non! Ulisse avait trouvé une merveilleuse méthode de parler anglais.

Ulisse, lorsqu'il jugeait opportun d'employer sa méthode, s'approchait révérencieusement, avec cette même série de trois révérences, que nous avons vu pratiquer au signor Camillo, et attirait l'attention de lord Pennebrok par une sorte de toux dévote. Cela signifiait qu'il avait à s'entretenir avec le riche fils d'Albion.

Celui-ci s'était habitué à ce jeu, et comprenait à première vue.

— Vo avoir besoin d'argent, Ulisse?

Ulisse opinait du bonnet.

— Quelle somme est nécessaire à vo?

Ulisse levait en l'air un, deux, trois, sinon dix doigts ensemble.

Cela signifiait une, deux, trois, dix guinées.

Lord Pennebrok fouillait sans sourciller dans une escarcelle rebondie qu'il portait en bandoulière et comptait le tribut demandé.

Ulisse prenait la somme du bout du pouce et de l'index, l'ensevelissait dans sa ceinture, se retirait en renouvelant les trois saluts — ce qui, paraît-il, est une formule d'étiquette dont aucun Sicilien bien élevé ne saurait se départir, — et enfourchant lestement sa mule à grelots, il partait dans l'inconnu.

Vous allez supposer que, dans l'inconnu, Ulisse se perdait corps et biens et ne revenait plus. Erreur profonde !

Ulisse revenait et chaque fois en rapportant des colis dont le contenu, lorsqu'ils s'ouvraient, forçait lord et lady Pennebrok à pousser de petits cris anglais de satisfaction :

— *How beauti ful!* (comme c'est beau!)

— *Oh! what happiness!* (oh! quel bonheur!)

— *What pleasure!* (quel plaisir!)

— *Hurra! hurra!* (vivat! vivat!)

— *England for ever!* (vive l'Angleterre!)

Dans la campagne silencieuse, si l'on n'est à proximité d'une ville importante, à peine trouve-t-on d'ici de là des *fondacos* (auberges) offrant leurs quatre murailles. Tout y manque. On n'y nourrit pas les voyageurs, on leur donne un misérable lit pour se coucher, une table pour en faire ce qu'ils veulent, un escabeau pour s'asseoir.

Ulisse Brandini revenait, en dépit de cela, de ses mystérieuses expéditions avec des provisions si grasses qu'on eut été tenté de croire qu'elles sortaient des illustres officines du signor Camillo en personne.

Ni la mortadelle, ni les saucisses variées, ni les

jambons succulents, ni les pâtés d'odorant fumet, ni les délicieuses pâtisseries qui se grignotent en prenant le thé ne manquaient, grâce au coup de baguette de ce magicien d'Ulisse, à la table de lord et lady Pennebrok. Ni le Marsala à fumet d'outre, ni le bordeaux, ni le champagne ne faisaient défaut devant M. Trottevent constitué grand échanson de la caravane. Quant aux prunes sèches, aux amandes, aux oranges friandes dont s'engraissait mynheer Empotter, elles arrivaient par surcroît.

Dès le premier jour, Ulisse avait chargé parmi les bagages des assiettes, des gobelets, des fourchettes, des plats, des grils, des casserolles.

Ulisse allumait ses fourneaux au coin d'un rocher à l'orée d'une prairie, au coin d'un bois.

Ulisse réussissait une cuisine à donner à penser qu'il n'avait fait que cela de toute sa vie.

Et toujours, toujours, quand Ulisse après des absences d'ailleurs rapides rentrait de l'inconnu, il avait sacs pleins, et il en sortait des choses exquises, voire des gigots de pré salé, des filets de bœuf et des langues de veau, après les poulets domestiques et les lapins sauvages.

Dam! Cela coûtait un bon train de maison....

Un jour, c'était en pleine montagne, Milady voyageait en chaise à porteur enlevée par quatre vigoureux villageois; Milord juchait son buste démesurément long sur un court cheval peu proportionné à sa taille et les jambes du cavalier traînaient presque sur le sol; le révérend Empotter écrasait de son poids un âne infortuné, occupé d'ordinaire et bien mieux à son gré à transporter des tonneaux pleins de vin d'Agrigente à Castelvetrano. Il lisait dans son fameux petit livre, le révérend, la palingénésie étant du voyage. N'oublions pas Trottevent qui caracolait comme un écuyer de cirque sur un bidet jaune rappelant celui de d'Artagnan. Suivait Ulisse Brandini éperonnant sa mule à grelots. Quelques hommes de renfort composaient l'arrière-garde.

La route était pittoresque.

Tantôt c'étaient des cônes de terre couverts d'une herbe courte et jaunâtre, tantôt des rochers gris et rouges taillés en aiguilles suspendus au-dessus de profonds abimes.

Quelques arbres amaigris croissaient sur les bords des ravins, des chèvres et des moutons y pâturaient une herbe rare.

Plus loin des sources rafraichissant leurs alentours

tombaient en filets minces des rochers, et s'enfuyaient en ruisseaux murmurants.

Sur le ciel bleu entrevu du fond des gorges, se découpaient les murailles grisâtres ou noires des masses granitiques.

La troupe avançait ; le paysage se modifiait à chaque pas.

On atteignit un bois, ou plutôt un épais et large fourré d'arbrisseaux tels que buis, genévriers, chênes nains, micocouliers mélangés à des viornes, des figuiers d'Inde à raquette couronnés de fruits rouges et des aloès aux feuilles effilées et pointues comme des fers de lance.

La chaleur était lourde, bien que l'heure du coucher du soleil approchât.

On devait coucher à Trapani au pied du mont Eryx.

Tout à coup, du fond de cette solitude, une voix lança les notes d'une chanson populaire.

All'urtimata,
Facemu paci ;
Chin non mi piaci
Stari accosi.

A la fin,
Concluons la paix;
Je ne veux plus
Vivre ainsi.

Quantu si duci
E aggrazziata!
O Nici amata:
E vaja via!

Que tu e douce
Et gracieuse,
O ma Nicé aimée;
Allons : parle-moi.

Ce n'est pas une mince surprise de percevoir une voix qui chante quand dans un désert on se croit loin de toute habitation humaine.

Chacun des touristes s'étonna et fit part à ses voisins de son impression.

Le moins ému n'était pas Ulisse Brandini, tant de soins qu'il put prendre pour demeurer impassible.

— La voix de Francesco Gemella le maitre! prononça-t-il en *a parte;* Francesco a reçu mon avis. Je ne l'attendais pas si tôt.

Et comme sans y prendre garde, Ulisse ralentit le pas de sa monture pour se rapprocher d'un des hommes chevauchant derrière lui, tandis que la voix assez éloignée mais distincte, continuait avec l'intention évidente de se faire remarquer :

Lu cela voli
Ch' in tamiro!
Jeu chi ti fici?
Stu cosri e to,

Le ciel veut
Que je t'aime !
Que t'ai-je fait ?
Ce cœur est à toi.

Non si scantari !
Pri carita
Ridi tanticchia,
E vaja via.

Ne te fâche pas !
Par charité,
Ris un peu.
Allons : Parle-moi.

S'ieu spirciu
Mi chiancirai ;
Si sintirai
« Ddu mon c'é ! »

Si j'expire
Tu me pleureras :
Tu pleureras si on te dit :
« L'ami n'est plus ! »

Cet air en mode mineur était psalmodié quasi sans rhythme, comme les essais antérieurs au XVIe siècle. Qui sait si les chants siciliens si étranges, si originaux, ne sont point des restes, des échos lointains de ces cantilènes grecques importées à Rome sous les premiers empereurs, et qui se seraient transmis de bouche en bouche jusqu'à nos jours ?

— Luigi, murmura Ulisse en se penchant le plus

près possible de l'oreille du cavalier, un peu plus âgé que lui, qu'il venait d'aborder; c'est la voix du maitre ! rejoins-le sous un prétexte quelconque et dis lui :

— Tout va bien !

Le taciturne Ulisse Brandini de Biancavilla venait de prononcer une phrase entière.

Luigi acquiesça d'un signe et répéta :

— Je dirai : « Tout va bien. »

— Tu ajouteras : « Ulisse demande où et quand? et tu me rapporteras la réponse.

— J'ajouterai : « Ulisse demande où et quand ? »

— Va et prudence !

Et talonnant sa mule, Ulisse Brandini se hâta de retourner en file, au rang qu'il avait dû quitter pour une seconde d'entretien avec celui qu'il avait appelé Luigi.

La chanson se perdait dans le lointain.

— C'est singulier ! philosophait Trollevent, l'effet que produit, dans un coupe-gorge pareil, une voix que l'on n'attendait pas !

Empotter palingénésisait :

— Défends ton ouie de la musique énervante et lascive; la musique originelle est celle du zéphyr dans les touffes d'asphodèles, de l'aquilon sur les falaises, de la marée sur les grèves, du rossignol dans les bocages et de la prière aux lèvres.

— Observez, lady Pennebrok, confiait bravement Milord à la compagne de sa vie aventureuse, que ce était eune voix, claire et limpide et harmoniouse, et eune voix de brigand ne povait être eune voix harmoniouse, limpide et claire! *Sblood!* (morbleu!) Je donnerais bocoup de guinées pour voar eune brigand à voix harmoniouse!

— Je étais eune tioumide feme! ripostait Milady; mais je donnerais bocoup aussi pour povoir d'après natioure sans kiourir de danger tracer portrait d'eune brigand sur le album de moâ.

Depuis le départ de Palerme, lady Pennebrok portait en bandoulière au bout d'une bretelle de toile, un pupitre mécanique, un album et une provision de crayons.

De temps en temps, la dame crayonnait un pan de montagne, une échappée de vue sur la mer, un type de paysan, une scène de village. Lady Pennebrok se révélait artiste.

Et voilà que la voix inattendue, la voix de là-bas, la voix limpide, claire et harmonieuse qui ne pouvait être celle d'un brigand, retentit de nouveau hardie et sonore dans les fourrés inextricable d'aloès. de figuiers d'Inde, de viornes et de palmiers nains :

Vaja chi fu?
Fai lu cucchiaru
Ed en l'amaru
Nun dissi un à.

Dis-moi, qu'est-ce?
Tu fais la difficile.
Et moi, malheureux,
Je suis réduit au silence.

Mais la voix retentissait cette fois secondée par l'accompagnement favori des musiciens du cru. Sur une guitare ou une solide mandoline crépitaient, fouettées à pleines mains, des cordes d'acier.

— Luigi doit avoir rejoint Francesco Gemella, observait Ulisse Brandini ; ils m'en avertissent par ce refrain doublé des soins d'un instrument.

— *Hey!* (Holà!) Milady, je entendais le brigand joer d'eune déliciouse fiousil! continuait de rire lord Pennebrok.

— Je avais regret Milord, de pas portraitiourer le miousicien!

La musique et l'accompagnement de cordes tapageuses s'affaiblissaient par degrés. Tout s'éteignit bientôt.

— Ulisse, confiait en ce moment le nommé Luigi à l'oreille du protégé de l'hôtelier Camillo, le maître a dit : « Bonne affaire! » Et plus bas le messager confia à son compagnon les deux ou trois mots de passe et les ordres qu'il rapportait.

— ... Compris, articula Ulisse; et Luigi ralentissant le pas de sa monture qui s'était tenue un court instant à côté de la mule d'Ulisse, retourna à son arrière-garde de l'air le plus honnête du monde.

Luigi, hâtons-nous de le dire, n'était autre que le domestique choisi à Palerme par Ulisse Brandini pour partager son dévouement à d'honnêtes voyageurs. Ulisse avait arrêté Luigi au passage dans le voisinage du *Palazzo-Reale !* (Palais-Royal.)

— Viens, Luigi, avait dit Ulisse, j'ai besoin de toi!

— Me voilà! avait répondu Luigi.

— Auparavant, arrange-toi de façon à ce que Francesco Gemella apprenne à Canicatti que je dirige les pas d'un Anglais richissime.

— Je me fais fort de mettre au courant de la

Le Révérend EMPOTTER.

chose Francesco Gemella de Canicatti, avant que le soleil ait revu deux fois les monts de Sicile.

— Non ! envoie-lui un autre commissionnaire que toi !

— Soit ! J'ai un commissionnaire tout prêt.

— Cours prévenir cet homme ; et quant à toi, reviens me suivre !

— C'est dit !

Luigi, très au courant de démarches semblables, tendit la main à Ulisse Brandini, et Ulisse Brandini glissa dans la main de Luigi une bourse suffisamment lourde.

— Merci, fit Luigi content du poids.

La bourse contenait les premières guinées reçues par Ulisse de la munificence de lord Pennebrok.

Hum ! Il n'est plus permis de supposer que le simple hasard eut présidé au rapprochement qui allait mettre en présence dans le voyage, Ulisse Brandini, la caravane des voyageurs et Francesco Gemella de Canicatti, chanteur à mandoline....

Et dire que « cette faible femme, » lady Pennebrok, eut renoncé à un bon diner pour croquer sur un album « sans kiourir de danger » une physionomie de bandit !

Et ajouter que le généreux lord Pennebrok eut à cet effet dépensé « cinq cent guinées »!

Malheureuses guinées de lord Pennebrok!!!

. . . .

La nuit noircissait et les étoiles s'allumaient quand les excursionnistes atteignirent Trapani.

Il y a à Trapini une longue rue qui traverse la ville dans presque toute sa longueur, et sur laquelle donnent le palais sénatorial, le musée des tableaux ou *quadreria*, les principales églises, les boutiques et les cafés les plus élégants. Les boutiques font commerce d'objets d'ambre, de nacre et de corail particuliers au pays. Les cafés sont longs, étroits, profonds. La préparation de la boisson brune, dont Mme de Sévigné n'aimait pas le parfum, se fait dans la salle commune à la vue des consommateurs. L'ameublement, les tentures, les papiers sont misérables. On y voit à peine clair durant le jour; le soir le lumignon d'un quinquet fumeux ne sert qu'à souligner l'obscurité.

Les rues de Trapani sont pavées de dalles glissantes. Néanmoins nos voyageurs les traversèrent sans encombre et parvinrent heureusement, mais harassés de fatigue à la *Locanda della Italia*, tenue par le signor Mercurio un cousin du signor Camillo, qui avait, par lettre de bon parent, annoncé à la locanda l'arrivée de quatre voyageurs de haute volée et de leur escorte.

Aussi les cheminées fumaient-elles d'une appétissante façon à la *locanda dell Italia*.

Les chambrières s'agitaient mettant la nappe et préparant les gites; des palfreniers accouraient au-devant des touristes en agitant des lanternes.

On ne reçoit pas tous les jours une Anglaise, un Anglais, un Hollandais et un Français à Trapani...

Et pourtant, pour les visiteurs, que de souvenirs antiques en ces murailles vieilles comme les roches des rives siciliennes.

C'est à Trapini que mourut le vieil Anchise.

C'est à Trapini qu'Enée célébra, en l'honneur de son père, les jeux magnifiques que Virgile a décrits. On croit retrouver dans l'ile *Asinello*, le lieu où était plantée la branche de chêne qui servait de but pour la course des galères.

Est procul in pelago saxum...

Qui ne se rappelle ce vers du cygne de Mantoue et ceux qui suivent? (Œnéide l. V, vers 124).

Le nom antique de Trapani, *Drepana, Drepanum*, vient-il de ce que la forme recourbée de son rivage a quelque ressemblance avec celle d'une faux ? (*Drepanon* en grec). Vient-il de ce que Saturne jeta sur cette côte la faux avec laquelle il avait mutilé son père ? Est-ce à Trapani que Cérès perdit, en allant à la recherche de Proserpine enlevée par Pluton, la faux qui la distingue comme déesse des moissons ?

Au reste, Trapani n'a acquis d'importance qu'à une époque plus rapprochée de nous.

Pendant la première guerre punique, le général carthaginois Halmicar ayant détruit la ville d'Erix, les habitants de la malheureuse cité s'enfuirent à Drepanum. Le même général entoura Drepanum de murailles, l'an de Rome 493. Durant le siége de Lilybée, le consul P. Claudius Pulcher tenta de surprendre la flotte carthaginoise qui stationnait dans le port de Drepanum. Il éprouva une déroute complète. Plus tard le consul C. Lutatius battit les Carthaginois commandés par Hannon, et les força à conclure un traité de paix.

Le port de Trapani est en outre célèbre par la victoire que les Vénitiens y remportèrent sur les

Génois en 1264. Le comte de Champagne, Thibault VII, gendre et compagnon de Saint Louis, mourut à Trapani, en 1270 au retour de l'expédition de Tunis. Enfin, d'après une tradition accréditée, c'est dans une petite île voisine de Trapani que Jean de Procida, simulant la folie, comme Brutus, concerta avec plusieurs patriotes siciliens la ruine de la domination de Charles d'Anjou...

Pendant le dîner, Mercurio eut l'attention d'offrir à ses hôtes un concert.

Un quatuor composé de deux violons, d'une harpe et d'une basse s'installa près de la table où lord et lady Pennebrok mettaient à l'épreuve l'appétit aiguisé que nous leur connaissons.

Trottevent fidèle à son rôle débouchait les flacons.

Empotter calme et austère, se permit ce soir-là une salade d'herbes; régal absolument autorisé par la Palingénésie.

La sérénade égrenait les airs de Verdi les plus en vogue, lorsqu'un nouveau musicien portant à la main une mandoline vint se ranger à côté des autres.

Cet homme méritait attention.

En culotte courte, jambes nues, sandales à longs lacets, entrecroisant leurs losanges sur les mollets nerveux, l'homme se drapait avec une fierté peu commune dans sa veste de velours noir court taillée. Une cravate de soie d'un rouge éclatant retombait sur sa chemise de fine toile bien godronnée. Une ceinture de même tissu que la cravate serrait la culotte autour des reins. La tête du personnage était surmontée d'un bonnet phrygien écarlate. Le bonnet phrygien est, comme on sait, d'un assez fréquent usage en Sicile et autour du golfe de Naples.

De longues boucles de cheveux noirs retombaient sur les épaules et encadraient une physionomie pâle aux traits singulièrement énergiques, presque imberbe, et éclairée par la flamme de deux larges yeux, d'un bleu obscur, profond comme celui des eaux méditerranéennes autour des côtes escarpées.

L'homme prit sa mandoline, indiqua d'un geste bref aux quatre musiciens qu'il réclamait son tour, fit jaillir du bout de ses doigts blancs et effilés une harmonieuse série d'arpèges, et entama la chanson que nous avons ci-devant entendue, une des plus populaires de l'Erix à l'Etna :

Lu celu voli
Ch'in tamiro
Jeu chi ti fici ?
Stu cori e to.

La voix était juste, finement timbrée, naturellement musicienne et mêlée d'art; ces qualités sont natives chez les chanteurs sicilens.

Or, à n'en pas douter, c'était la même voix que deux heures avant on avait entendue dans le lointain des vallées désertes au sein des montagnes.

Soudain, un branle-bas émut l'hôtellerie de la cave au grenier, de la salle à manger aux écuries.

Une multitude de gens se précipitèrent dans la salle sans respect pour les dineurs.

Les uns sortaient de par ci, les autres de par là, tous remplis d'un indescriptible enthousiasme pour le chanteur.

Ulisse Brandini accourut des premiers et peu après lui son compère Luigi. Les porteurs du palanquin de lady Pennebrok et autres auxiliaires de la caravane vinrent de même.

Le chanteur en était à son second couplet, quand déjà de frénétiques applaudissements consacraient son succès.

— *Evviva Francesco Gemella !* vociférait l'hôtelier plus haut que les autres.

Et, de ses mains, le signor Mercurio apportait un

sorbet à l'artiste, non sans profiter de l'occasion pour témoigner à ce triomphateur, de la révérence, de la considération, de la soumission les plus complètes.

— Bravo! Salut au maëstro Francesco Gemella ! s'époumonnaient à répéter Ulisse et Luigi.

— Hé! s'inquiétait le révérend Empotter, toujours l'esprit net, et saisissant les choses sur le vif comme quiconque ne compromet pas ses instincts originels dans l'exubérance du boire et du manger. Hé! Francesco Gemella est un nom que j'ai entendu prononcer au signor Camillo, notre excellent hôtelier de Palerme !

— Cette voix, observait judicieusement la digne lady Pennebrok, est, je en étais assiourée, le même que je avais ouie dans le parcours. Ne est-ce pas la vérité, signor Ulisse? Approchez moâ pour renseigner moâ. Perlez! Ce était le même voix?

— Parfaitement! fit Ulisse.

— Et vo connaissez le chanteur?

— Certainement!

— Je comprenais à le accueil attriboué, que ce était oune artiste apprécié dans le contrée?

— Assurément!

— Le artiste était en voyage?

— Souvent!

— Aoh !... Il souit peut-être dans son pérégrinétchonne une pérallele directchionne à no ?

— Probablement !

— Aoh !... Le Sicile était oune pays singulière ?

— *Yes !* Par moments !

— Je dônerai à le artiste oune pourboire ! Dites le bone intentchionne de moâ au miousicien, signor Ulisse.

Ulisse s'inclina et s'en alla droit à Francesco Gemella qui achevait son dernier couplet.

Les deux hommes chuchotérent un instant.

Ils échangèrent un imperceptible sourire.

La calomnie est atroce chose, mais peut-être ne serait-ce pas calomnie de prétendre que le signor Mercurio l'hôtelier de la locanda dell' l'Italia adressa à ce même moment du coin où il s'était retiré un peu à l'écart un sourire tout semblable à Ulisse et à Francesco.

Comme sentenciait si bien, et avec beaucoup plus d'à propos qu'elle ne pouvait le supposer, l'aimable lady Pennebrok : La Sicile est un pays singulier !

Voulez-vous de cette singularité un exemple ?

Milady Pennebrok et ses compagnons visitérent dans la journée du lendemain certain couvent de capucin à quelque distance des portes de la ville.

Le couvent contient une chapelle de sépulture presque

aussi en renom que la crypte analogue appartenant à la ville de Palerme.

On monte quelques marches à la suite d'un religieux.

Une porte s'ouvre.

On se trouve dans une vaste salle dont les murailles sont peuplées d'hommes et de femmes debout droits dans de poussiéreux costumes. Mais quelles femmes, quels hommes !

C'est un assemblage de statues immobiles rangées dans des niches.

Avez-vous compris ?

C'est un lieu de sépulture. Ces statues sont des cadavres !

. . . .

Une sueur froide en vint au front de l'Anglaise ; malgré que la lecture de son *Guide en Sicile* l'eut informée de ce qu'elle allait voir.

— C'est horrible ! murmurait le révérend Empotter troublé jusqu'au plus profond de ses entrailles originelles.

L'Anglais et Trolleven frissonnaient de dégoût.

Le moine murmurait une prière pour les morts ses frères.

. . . .

Plus de beauté, plus de jeunesse. Tout est enlaidi, contaminé, noirci, parcheminé, rongé par la mort.

On emploie une méthode particulière pour conserver ces restes humains.

Les entrailles sont mises à part et déposées dans un tombeau tandis que la peau et les muscles desséchés par un procédé particulier, habillés, attachés par le dos dans une niche, demeurent exposés aux regards. Au jour des morts, les parents sont admis en présence des cadavres. On dit la messe, on prêche dans la funèbre enceinte. Il y a là des familles entières, le père à côté du fils, la femme près de l'époux.

Ces sortes de sépultures se retrouvent en Italie.

Or, au-dessus d'un des cadavres, triste momie aux membres contournés, au rictus horriblement grimaçant, nos quatre visiteurs purent lire écrit en sicilien et en italien sur une pancarte :

— *Henriquez Paladio*, bourgeois de Venise, assassiné en 18.. par des brigands de Castrogiovanni.

Assassinat historique...

Et quel effet doit produire sur quatre infortunés touristes la lecture d'un pareil écriteau !

Lord et lady Pennebrok psalmodièrent un verset de la Bible.

Le Français recommanda mentalement son âme à tous les saints.

Le révérend Empotter lut une courte maxime dans son petit livre.

— « La mort est un châtiment. Elle punit le péché qui a perverti l'instinct originel. »

Le frère capucin souriait.

— Dites-nous, bon frère, serait-il vrai qu'il y eut encore des brigands en Sicile ? interrogea Trottevent devenu perplexe.

— Mes frères, sentencia le religieux, éludant la réponse, l'Evangile nous dit que la mort vient comme un larron; nous ne savons ni le jour ni l'heure!

IV

On prend pour guide le digne signor Francesco Gemella, chanteur, limier de police, etc. — Lord Pennebrok entame mystérieusement avec le nouveau venu un complot des plus riants. — Rapide voyage. — Segeste. — L'Etna.

Trouver un hôtel à peu près convenable en Sicile, étant, — c'est chose comprise, — la plus difficile affaire, les touristes n'y suivent guère le plus court chemin d'un point à un autre. Au préjudice de leur temps et de leurs bourses, ils louvoient, ils poussent en avant, quittes à revenir sur leurs pas ; heureux si, à ce prix, ils peuvent rencontrer une fois en passant table d'hôte, bon gite et bon lit.

C'est ainsi qu'arrivés à Trapani pour s'y reposer dans l'hôtel semi-confortable du signor Mercurio, ceux que nous suivons retournèrent en arrière pour visiter une des plus remarquables antiquités de l'ile, le temple de Segeste.

A peu de distance de Calatafimi, au nord, sur une colline appelée Barbara s'élevait jadis la ville d'Egesta ou Segesta. D'après la tradition, cette ville devait son origine à Énée et son nom au roi Egeste.

Segeste n'existe plus. On présume que les Sarrasins détruisirent les murailles lors de leur invasion en Sicile au neuvième siècle. Il ne reste aujourd'hui qu'un temple, un théâtre et quelques débris informes.

A Calatafimi, le zélé Ulisse Brandini s'occupa de trouver un guide indigène et qu'elle ne fut pas la surprise de nos voyageurs en voyant Ulisse leur ramener un personnage en veste de velours et bonnet phrygien portant accrochée à son dos une luxuriante mandoline de bois de citronnier et d'ébène, lequel n'était autre que le signor Francesco Gemella, l'artiste.

Le signor Francesco se présenta avec la plus parfaite aisance.

— *Ah indeed!* Comment! s'écrièrent d'un commun accord l'Anglaise et l'Anglais, vo étez le signor Gemella!

— Voilà une coïncidence digne d'être remarquée! scandait à leurs côtés mynheer Empotter.

Et tournant les pages du petit livre qui oncques ne le quittait, le révérend lisait une maxime appropriée à l'événement :

— « Souviens-toi que la prudence naturelle de l'homme s'est détériorée par le péché et la dégénérescence. Fais en sorte de rénover en toi-même la prudence originelle. Evite les accidents qui amènent la maladie, les tentatives inconséquentes qui entraînent on ne sait où, et renonce aux entreprises dont les chemins sont semés de périls. Vis-à-vis des inconnus et de ceux qui n'ont plus rien de l'instinct originel, la méfiance devient vertu... »

FRANCESCO GEMELLA

— Bénis soient le Dieu vivant, la bonne Madone et mon père Saint François! articulait, durant ce temps, le mandoliniste. Oui! Madame, oui, Messieurs, la Providence et la protection de mon saint patron viennent d'accorder à votre serviteur cette façon inespérée de vous voir une seconde fois et de pouvoir vous être utile.

— Et comment se peut vo être ici, *if you please* (s'il vous plait), Signor?

— Je suis infiniment flatté d'être reconnu à première vue par Vos Seigneuries, prononça en assez correct anglais le signor Gemella. Vos Seigneuries ne me connaissent pourtant que fort peu, ou pour mieux dire, ignorent qui je suis. Qu'il me soit permis de fournir quelques détails sur ma chétive personne, dont vous a parlé à Palerme mon aimable ami et frère de lait le signor Camillo.

Lady Pennebrok dirigeait avec une bienveillante curiosité les deux verres de son binocle d'or vers le Sicilien. Volontiers elle eut extirpé du fameux sac pendu à son flanc par une bretelle un de ces crayons finement taillés qui lui servaient à enrichir son album des types les plus curieux.

Oh! en cela elle ne se trompait pas, cette « fèble femme »!

Le signor Francesco Gemella constituait un type digne d'être crayonné, et tel qu'on n'en rencontre pas tous les jours en Sicile. D'autre part, comment voir un étranger, un intrus, dans le propre frère de lait du signor Camillo, hôtelier à Palerme?

— Permettez-moi de vous apprendre, continuait le cauteleux chanteur de romances, que la musique n'est point pour moi une profession, mais une simple distraction, lorsque je voyage.

— Aoh yes! Onne distrétchonne.

— Je suis de mon état, non point artiste, non point coureur de grands chemins allant d'ici et de là pour tuer agréablement le temps ou m'instruire, non! Je suis tout uniment un modeste employé du gouvernement de la Sicile!

— Aoh! employé du gôvernement! Ce était fort honorable!

— Employé modeste, je parcours nos trois provinces pour me rendre compte, au nom de l'Etat, de la sécurité des routes.

— Merveillouse de précautionne, le gôvernement!

— Chut! c'est un secret que je vous confie! Pour mieux m'acquitter de mon emploi, je voyage *incognito*. Obligé au rôle de limier de police, à quoi aboutirais-je si je ne pénétrais à l'aide d'un déguisement dans les endroits suspects?

— Aoh! Stoupéfiante révéletchonne!

— Ne vous étonnez, après cela, ni du costume où vous me voyez, ni du rôle que j'ai joué en votre présence à la *locanda* de Trapani.

— No comprenons très bien!

— Et maintenant, permettez-moi de confesser, sans trop de présomption, que vous êtes des voyageurs bénis du ciel. J'ai à mes ordres un certain nombre d'agents. Personne mieux que moi n'est à même de protéger vos pas; or, on vous a certifié, je le devine, que le brigandage n'existait plus en Sicile?

— Yes! Perfétement?

— Eh bien! Cela est vrai, je vous l'assure! ma profession vous est le meilleur garant de cette vérité. Mais... mais...

— Qué signifiait le mais?

— Mais, il y a, en Sicile, une infinité de gens qui, sans être des bandits, ont plus d'un point de ressemblance avec ce genre de particuliers. Tenez! En traversant, ce matin, avant le lever du jour, les collines qui s'arrondissent là-bas, j'ai rencontré trois hommes armés d'escopettes et venant de la montagne.

— Aoh!

— Je leur ai demandé d'où ils sortaient et où ils allaient, ils n'ont su que me répondre.

Empotter et Trottevent prêtaient des oreilles de plus en plus attentives au colloque.

Depuis la lecture de l'écriteau fixé à la momie de Trapani, leur confiance était ébranlée, la sécurité du voyage leur semblait plus douteuse.

— Aoh! fit gaiement lord Pennebrok devinant ces perplexités, soyez donc le protecteur de no, senor Gemella!

Et tapotant sur le sac aux guinées :

— Combien demandez-vo por diriger no jusque à la cime de l'Etna, en soin prenant d'eune préservation de danger absolue?

Milady approuva la phrase d'un geste et l'Anglais, attirant le Sicilien un peu à l'écart, se mit en devoir de débattre avec lui les conditions du marché.

Il faut croire que, compte de guinées à part, l'entretien dut être assez joyeux, car le bon fils d'Angleterre éclata de rire tout à coup, comme si la chose la plus exhilarante, la plus inattendue et la plus étourdissante venait de lui être confiée.

— Aoh! aoh! aoh! s'exclamait-il, tandis que sa joie convulsive faisait tressauter sur ses reins le petit sac aux banknotes et l'étui à lorgnette. Aoh aoh! Ce était absolument merveillouse! Je étais consentant to de suite!

Ce à quoi le Francesco Gemella répondait gravement, avec force protestations de sentiments dévoués, s'il en fallait juger par la pantomime et les gestes!

— Aoh! aoh! continuait le Milord en se tordant.

— La joie immodérée, psalmodiait mynheer Empotter, se concilie mal avec la pensée réfléchie ; bannissez toute joie immodérée et sachez que le rire des lèvres est tout voisin des larmes des yeux.

Mais il disait cela tout bas, le révérend.

— Bigre, mâchonnait Trotlevent en torturant son éternel gros cigare, il s'est passé pour sûr quelque chose d'extraordinaire entre notre nouveau mentor et milord Pennebrok, que diable ont-ils manigancé? Attendons la fin.

— Milady, interrogeait, toujours allègre lord Pennebrok se rapprochant, tandis que Gemella, entrant en fonctions, allait, sans plus attendre, faire apprêter chevaux, mules et litière pour continuer le voyage, Milady, est-il bien vrai que vo regrettiez que les bandits de Sicile ne soyaient autres que des mythes?

— Je aurais ! désiré vivement, répondait l'interpellée, je le confessais à vo, povoir, quoique je ne sois qu'ioune « féble femme » croyonner sur le album de moà la portraicture d'un bandit. Ce eût été eune souvenir très perfait !

— Viril coorage? Vo désireriez, féble femme, voar un bandit? L'aspect de sa kérabine vous ferait pas vanouir ?

— Fi donc !

— Aoh ! aoh ! et vo, Mynheer, et vo, Mosieur ?

— Nous ne craignons rien ! articula froidement Trottevent ; et le Révérend acquiesça.

Lord Pennebrok se frotta les mains en riant de plus belle à gorge déployée.

— Milord, accentua l'Anglaise, je demande à vo ce que vo avez ?

— Rien, chère ; non rien !... aoh ! aoh !... Ah c'est que je souis assioure maintenant avec notre guide nouveau d'un voyage admirable ! Nous amuserons nous extraordinairement ! Mosieur Trottevent ne se doute pas de to les amusements que no rencontrerons ? Mosieur, je parie cent guinées que vo ne vo doutez pas ? Le signor Gemella a révélé à moà des admirables choses. Le danger existait neullement. Et vo aurez possibilité peut-être, Milady, de dessiner eun Sicilien brigand d'après natoure. C'est à dire, aoh ! aoh ! si le courage de vo peut tenir son crayon ! Et vo, Mosieur Trottevent, armez vos pistolets !

Là-dessus, pour rire plus à son aise, lord Pennebrok alla rejoindre l'homme à la fois chanteur, guide et limier de police, Francesco Gemella.

Bientôt, toute la caravane prenait sa marche vers les vallons de Segeste, Gemella en tête, veillant à tout, prévoyant tout, aimable avec chacun, se laissant de mieux en mieux apprécier, et sous ses ordres, Ulisse Brandini, Luigi et trois ou quatre muletiers adjoints aux porteurs de litière de lady Pennebrok.

L'excursion fut des plus favorisées malgré les difficultés de la route. On descendit par l'étroit sentier tracé en lacets, la roche sur laquelle est bâti Calatafimi; on côtoya le ravin dont le lit résonne d'un bruit d'ondes tumultueuses, et s'enfonçant dans la solitude, on arriva enfin, après un de ces déjeuners sur l'herbe dont Ulisse avait le secret, au promontoire que recouvre le vieil édifice comme une décoration théâtrale.

Etait-ce dans l'origine un sanctuaire à Diane ou à Cérès? Les antiquaires sont en désaccord. Le temple a la forme d'un carré long, avec trente-six colonnes. Son pourtour mesure plus de 500 pieds. Les fûts, les chapitaux arrondis, l'architrave, la frise, la corniche, les triglyphes, les mytopes, les frontons, les gradins présentent une masse des plus imposantes.

Le toit manque, il n'y a d'autre voûte que celle

du ciel, l'intérieur est dégarni, l'herbe y pousse, les chèvres y broutent; mais, quoiqu'il en soit, ce colosse dans le désert, ces colonnes rougeâtres rongées par les siècles, ce silence profond, ce jeu du soleil et de l'ombre dans les arsenaux commandent l'admiration et le respect.

Sur une autre cime se dresse un théâtre aux fragments gisants. En montant sur ses gradins, on a la vue des monts à gauche et de la mer en face, formant le golfe de Castellamare. Cet immense tableau est une merveille de grandeur et de variété. On admire comment, pour leurs monuments les plus beaux, les anciens savaient choisir les sites les plus attrayants.

. . . .

Ayant à narrer des aventures de voyage, plutôt qu'à dépeindre un pays entier, nous nous voyons contraint de ne point suivre nos touristes pas à pas. Et c'est à regret.

Sélinonte nous montrerait ses ruines plus moroses que celles de Sigeste. Les serpents et les lézards y errent au milieu des pierres et des mousses; la plaine environnante est désolée par la malaria.

Agrigente, devenue Grigenti, nous parlerait de ses

tyrans et de ses grandeurs passées. Sur l'arête d'une côte longue, pierreuse, nue et rouge, se profilent trois silhouettes de temples superbes. Autour d'eux, tout est mort, aride, dévoré par le soleil, sinon par le feu qui court aux veines du sol.

Dans cette contrée singulière tout est de soufre, la terre, les pierres, le sable.

On va à travers un pays largement soulevé comme une mer de vagues monstrueuses et immobiles.

On croirait, à plus d'un endroit, être dans un paradis terrestre, et dans d'autres en plein royaume de Satan, car si l'ennemi du genre humain a son domicile dans des entonnoirs souterrains pleins de soufre en fusion, la Sicile est pour le moins un de ses domaines temporels.

Pantalica nous offrirait l'entrée de ses grottes semblables à des ruches gigantesques dont les alvéoles contiennent des squelettes de morts, sépultures dénonçant une antiquité fort reculée.

Syracuse, la cité de Gélon, d'Hiéron, d'Agathocles, de Timoléon, d'Archimède, des deux Denys, de Théocrite, d'Épicharme, d'Aristarque, d'Antiochus l'historien, de Phocion, etc., nous dirait le secret de ses débris ; elle qui couvrait un espace de sept lieues, suivant Strabon, et dont les trois ports recevaient les navires de l'univers entier.

Enfin, Catane nous ouvrirait son colossal amphithéâtre, et nous rappellerait le souvenir du terrible tremblement de terre de 1693, où dix-huit mille de ses habitants périrent; tandis qu'une rivière de lave large d'une lieue descendait du terrible mont, renversait les murailles de la ville, et se répandant dans la mer y formait un môle qui dessinait un port.

. . . .

Au delà de Catane, commence l'ascension de l'Etna.

C'est là que nos personnages nous attendent.

Retrouvons-les en franchissant brusquement l'espace, sans nous arrêter aux sables dorés, aux villages blancs, aux bois d'orangers et d'oliviers, aux chaos de lave dont les bouillonnements en se figeant ont gardé des formes extraordinaires, des apparences de bêtes enlacées, de membres tordus.

— Nicolosi! annonce le guide Francesco Gemella après avoir conduit sa caravane sans encombre jusqu'à ce Nicolosi, petit village, le dernier au pied de l'Etna, à sept cents mètres d'altitude et à quatorze kilomètres de Catane.

Il pouvait être dix heures de la matinée.

Il s'agissait de déjeuner et de dîner à Nicolosi, d'y prendre des mules fraîches, de s'y munir de manteaux chauds et de tenter à l'arrivée de la nuit l'ascension de la masse etnéenne, afin de jouir à son sommet, le lendemain matin, du spectacle grandiose d'un lever de soleil.

Voici nos quatre touristes :

Lord Pennebrock a pris l'habitude de rire en poussant des « aoh » soulignés d'un certain air mystérieux; sa noble épouse braque de ci de là sa lorgnette, ou essaye parfois la pointe de ses crayons sur une fine page de bristol; Trotlevent, retour de Marsala et de l'île de Salina derrière Lipari, où il a acquis une provision de vins de volcans, épais, sucrés, dorés, soufrés, a rejoint ses compagnons depuis vingt-quatre heures et s'est fait suivre à leur intention d'échantillons de Malvoisie. Quant au révérend Empotter, il médite en cheminant les plus ardus chapitres de la Palingénésie :

« — L'homme est un voyageur sur la terre, n'oubliez point qu'un autre monde est le terme, et que vous y courez ! »

Pour les subalternes, ils paraissent enchantés de leur sort.

Gemella, le frère de lait du signor Camillo, l'hôtelier de Palerme, commande et on lui obéit comme à un potentat; Ulisse Brandini continue à se distinguer dans les approvisionnements et l'art de la cuisine; Luigi double Ulisse, et les muletiers, les porteurs qui se sont métamorphosés un à un, ont fini par devenir des gens parfaits. Tous obéissent avec une admirable souplesse au signor Francesco, possesseur de coteaux boisés dans le voisinage de Canicatti, en même temps qu'agent de police, chanteur et guide.

Après six heures de halte, sur les quatre heures de l'après-midi, tandis que l'ardent soleil illumine encore cette terre étrange et la brûle, on quitte Nicolosi, on traverse des vignes plantées dans la lave, on franchit une lande également de lave couverte de genêts fleuris, une lande d'or, et l'on s'avance à petits pas des montures vers le sommet escarpé d'où s'élève un panache de fumée.

Le monstre est loin, à une trentaine de kilomètres peut-être.

De tous côtés on aperçoit les traces de ses fureurs.

De sa bouche démesurée il a vomi de temps en temps un torrent de bitume. Le torrent coulant sur des pentes douces ou rapides a comblé des vallées, enseveli des villages, noyé dans la flamme comme dans un fleuve des populations affolées. Ses flots lents, pâteux, en ébullition ont formé, se durcissant et devenant sombres, des falaises, des montagnes, des ravins, tout en un pays noir, bizarre, crevassé, bosselé, tortueux, invraisemblable, dessiné par le hasard des éruptions et l'effrayante fantaisie des scories ardentes.

. . . .

Avant de monter, faut-il en quelques lignes retracer l'histoire de cette fournaise terrible?

Les anciens en faisaient l'atelier de Vulcain. Pindare décrit l'éruption de 476. Dès avant l'époque historique, le géant de feu avait forcé les Sicanes à fuir loin de lui.

On connait environ quatre-vingts éruptions. Les plus violentes furent celles de 396, 126 et 122 avant Jésus-Christ, puis celles de 1169, 1329, 1537, 1669, 1693. Cette dernière détruisit quarante villes et ensevelit environ cent mille personnes. Celles de 1792, 1843, 1852, 1865, 1874, 1879, 1882, 1887 furent également violentes et meurtrières.

Tantôt les laves s'élancent du grand cratère; tantôt elles s'ouvrent des issues de cinquante-neuf à soixante mètres de large sur les flancs de la montagne et s'échappent de ces crevasses en coulant vers la plaine.

Le 26 mai 1879, la lave, sortie d'abord du cratère de 1874, jaillit bientôt d'un nouveau cône de cent soixante-dix mètres de haut, soulevé ensuite sous son effort à une effrayante altitude de deux mille quatre cent cinquante mètres. Elle descendit rapidement, traversant la route de Linguaglossa à Rondazzo et s'arrêta près de la rivière d'Alcantara, après avoir couvert en dix jours vingt-deux mille huit cent soixante hectares. Pendant ce temps, le cratère du sommet lançait seulement des vapeurs épaisses, du sable, des cendres . . . .

. . . .

Regardez en montant.

Nous laissons à gauche les monts Rossi et nous découvrons sans cesse d'autres monts innombrables, appelés par les guides les fils de l'Etna ; noirs enfants de l'aïeul accrus autour de lui au nombre de trois cent cinquante environ. Beaucoup de ces boursouflures atteignent la taille du Vésuve.

Montons.

Le froid commence, le froid pénétrant des montagnes. Il pique les yeux, il mord la peau.

Les ascensionnistes vont enveloppés dans leurs couvertures, comme des Arabes dans leurs burnous, des gants aux mains, la tête encapuchonnée.

— Courage à vo, Milady ! crie le lord aux guinées.

Et Milady ne manque nullement de courage.

V

Ascension du volcan. — La Casa del Bosco. — La Casa Inglese. — Le cratère. — San Nicolao el Vecchio.

La petite troupe allait tranquillement. Rien, absolument rien, n'était venu confirmer les velléités de craintes éprouvées, si tant est qu'on eût songé à la crainte un seul instant.

Trottevent, heureux dans ses négociations parachevées, repassait en trottinant sur son mulet les savantes recettes de Bercy, destinées à multiplier à Paris, au gré des vinicoles de crû, les produits les plus fins de la vigne en quelque lieu du monde qu'elle fournisse ses grappes.

— Pour faire des Malvoisie de Salina, prenez 100 litres de vin muscat de raisins secs, réfléchissait ce modèle des producteurs, joignez-y une infusion de café, 1/2 litre, une infusion de girofle, 2 centilitres, une infusion de brou de noix, 1 litre. Agitez bien, collez au sang cristallisé et tirez au clair. Pour le bouquet, une pincée de soufre.

Ce qui n'empêchait que Trotlevent n'eût quelques appréhensions. Ces appréhensions d'un vague danger hantaient même à ce point l'esprit du fabricant vinicole, que l'arôme des panatellas les plus exquis ne suffisait pas à les chasser.

— La Palingénésie, méditait le révérend Empotter, nous enseigne que c'est un crime contre la mère nature d'entreprendre aucune imitation chimique de produits naturels, aucune falsification, aucune combinaison frauduleuse.

— Si *Voustra Zzellineza* (Votre Excellence), chuchotait Francesco Gemella à l'oreille de lord Pennebrock à côté duquel il caracolait, si *Voustra Zzellineza* est toujours dans sa joyeuse intention, voilà le moment qui approche. Nous pourrons exécuter demain, en descendant de là-haut, la *destra comédia* (l'adroite comédie).

Nous n'attendrons plus longtemps à savoir de quelle comédie exhilarante il s'agissait; mais laissons aller les événements.

— Aoh! aoh! ripostait à Gemella le riche Anglais devenu si rieur depuis ses relations avec le policier prétendu, que jamais flegme britannique n'avait subi plus curieuse évolution; aoh! aoh! il tarde infiniment à moâ de voir la pétite comédie! aoh! aoh!

Et lord Pennebrock se rapprochant de Trotlevent, lui adressa une singulière demande, non sans étouffer à grand'peine des aoh fort plaisants.

Disons le : le fabricant de Bercy, tant placide qu'il voulût paraître, ne mettait plus un pas devant l'autre sans porter à la ceinture deux revolvers à six coups toujours au cran. Trotlevent avait rapporté de ses excursions particulières, alors que pour son commerce il avait dû se séparer de la compagnie, quitte à la rejoindre plus loin, une kyrielle de faits divers extrêmement dramatiques.

Selon lui, on ne parlait depuis quelques semaines de Taormine à Messine, de Sortino à Lentini, que de la réorganisation d'une ancienne bande aux ordres d'un chef mystérieux, rançonnant les gens, dévalisant les fermes, tendant embûches aux touristes et s'enveloppant si astucieusement d'ombre et de ruse qu'on ne connaissait au juste ni sa personnalité ni son nom.

Les uns l'appelaient Francesco, les autres Albano; ceux-ci le disaient originaire de l'Ile des Cyclopes, ceux-là de Baguara, en Calabre.

En tous cas, vers l'époque où lord Pennebrock et ses amis débarquaient à Palerme, un comte allemand à qui il avait pris fantaisie de visiter sans escorte la ville fortifiée de Milazzo, les bourgs de Patti et de Tusa, les bains de Termini, et les murailles cyclopéennes de Cefalu sur la côte qui fait face à l'Italie continentale, s'était vu saisi par les *banditti*, séquestré dans une grotte, et n'avait obtenu sa liberté qu'au prix de dix mille thalers.

Trotlevent, qui répétait à tout propos cette histoire parmi vingt autres à ses consorts de route, ne manquait oncques de sentencier *mezza voce* en terminant :

— Hé! dix mille thalers! Ouais! Il en faut à Bercy des infusions de coques d'amandes, de brou de noix et de pruneaux dans des barils de Grenache et de vin du Rhin, pour additionner dix mille thalers! Ouais! Heureux encore l'Allemand, d'avoir sauvé sa tête!

Et rien moins il ne fallait à l'industriel pour se remettre d'aplomb, que de griller une cigarette d'Orient et de repasser vite une bienheureuse formule : « Pour faire du vin de Chypre, prenez du goudron, etc. »

— Aoh ! fit lord Pennebrock en rejoignant le Parisien, je demanderai à vo, mosieu Trollevent, de confier à moa vos pistolets.

Trollevent n'eût guère manifesté plus d'étonnement si le Francesco ou l'Albano de l'Ile des Cyclopes ou de Baguara fût venu lui demander ses entrailles.

— Mes pistolets ! ventre de biche ! Et pourquoi faire !

— Aoh ! mosieu Trollevent, je aprenais que sur le cratère de l'Etna il existait un écho soupérieur; et je désirais à moa et à Milady et à vo, donner le satisfaction de détonations. Je demanderai à vo, quand nous arriverons à l'écho, vos pistolets.

Il fallut bon gré mal gré au marchand de Bercy, tout en maugréant, promettre ses pistolets pour cette distraction à l'excellent insulaire.

Cependant la caravane avançait.

Les bêtes vont lentement d'un pas accablé dans la poussière qui s'élève autour d'elles comme un nuage. De temps en temps la dernière s'arrête, renifle, semble désolée, et le fouet doit la stimuler.

Tout à coup le vent s'élève :

C'est brusquement un souffle violent que suit un court instant de calme.

Puis rugit une furieuse rafale.

Ces tempêtes sont fréquentes sur les montagnes, et l'Etna en est coutumier.

On marche toujours, et pourtant la nuit tombe. A travers la région des bois sous un clair de lune laiteux, on distingue autour de soi les gros chênes aux troncs noueux. Sous les hêtres, les pruniers sauvages, les figuiers noirs, les pins, les bouleaux s'enchevêtrant à droite et à gauche, des embuscades pourraient se cacher; toute une population de coupe-jarrets pourrait vivre dans les grottes nombreuses creusant le mont comme une éponge.

La montée de l'Etna n'est point une partie de plaisir telle que l'excursion du Vésuve. Une femme, à moins d'être une intrépide Anglaise, ne saurait l'entreprendre.

On arriva à la Cassa del Bosco, sorte de hutte de bûcherons.

Francesco Gemella déclara qu'il était impossible d'aller plus loin par cet ouragan nocturne.

On entra et fort à propos on rencontra dans la cabane trois ou quatre pâtres à figures rébarbatives, mais aux paroles mielleuses qui saluèrent Gemella avec déférence. Les pâtres avaient bon feu, on se serra autour du brasier et tandis que Milady trouvait une chambre à coucher prestement improvisée dans une sorte de soupente, chacun s'organisait de son mieux en un coin pour dormir.

Nuit calme en dépit de tout.

A l'aurore le vent s'est tu, à l'horizon le ciel a pris une teinte orange qui se fond en jaune, et le jaune lui-même se fond en bleu.

En avant pour la cime!

C'est maintenant un lieu noir et vallonné montant doucement vers la région des neiges qui brillent aveuglantes au pied du dernier cône haut de trois cents mètres. Le froid est excessif.

Voici la première plaine de neige; on l'évite par un crochet, mais une autre vient ensuite; les mulets s'enfoncent d'aucunes fois jusqu'au ventre dans la masse blanche.

Après la neige, des champs immenses de velours noir, c'est-à-dire de lave, brillent sous le soleil avec autant d'éclat que la neige même.

Opposition fantastique! Région morte, de deuil blanc et noir, horrible, infernale, inoubliable.

Quand, après quatre heures d'efforts, les ascensionnistes atteignirent la *Casa Inglese,* petite maison de pierre entourée de glace, presque ensevelie sous la neige au pied de la sommité fumante, Francesco Gemella usant, pour la seconde fois, de son autorité de guide, signifia que lady Pennebrok, très impressionnée et harassée de fatigue, ne pouvait aller plus loin.

Milady parut se résigner, mais le noble lord ne se rasséréna qu'après avoir eu avec le Sicilien un de ces entretiens particuliers qui avaient si bien le don d'émouvoir ses fibres joyeuses.

— Aoh ! aoh ! riait-il ; tout il était pour le mieux !

Il fut décidé, en fin de compte, que Francesco Gemella cédant à l'impérieuse nécessité des circonstances, redescendrait en personne avec lady Pennebrok et deux muletiers, non pas à la *casa del Bosco,* mais plus loin ; non pas jusqu'à Nicolosi, mais de façon à prendre hospitalité entre ces deux points dans certain vieux castel habité par d'honnêtes vignerons et situé sur le flanc gauche du volcan à douze milles de Catane et un mille du village de Nicolosi.

Cette habitation nommée *San Nicolao il vecchio,* (Saint-Nicolas-le-Vieux), était dans l'origine un monas-

Lady PENNEBROK

tère. Bâti en 1156, il fut si fréquemment enseveli sous les cendres et ruiné par les tremblements de terre, que définitivement les moines l'abandonnèrent en 1585.

Ce plan, une fois arrêté, fût aussitôt mis à exécution.

Tandis que lady Pennebrok retrogradait avec sa bonne escorte, son heureux époux Trollevent et Empotter continuaient avec leurs gens l'escalade du cône.

Les mulets étant laissés à la Casa Inglese, les ascensionnistes commençent à gravir le mur effrayant de cendre durcie qui cède sous le pied, alors qu'on ne peut se retenir, s'accrocher à rien, et où l'on redescend un pas sur trois.

On va soufflant, haletant, enfonçant dans le sol mou le bâton ferré. On doit s'arrêter à tout instant.

Il faut deux heures pour gravir ces trois cents mètres.

Bientôt des vapeurs de soufre prennent à la gorge.

On aperçoit de grands jets de fumée sortant par des fissures du sol, on pose ses mains sur de grosses pierres brûlantes.

Enfin, on met le pied sur une étroite plate-forme.

Devant soi une nuée épaisse s'élève lentement, rideau blanc qui monte, qui sort de terre.

On avance encore, le nez et la bouche enveloppés pour n'être point suffoqué par les vapeurs, et soudain s'ouvre au-dessous de la marche un prodigieux un effroyable abîme mesurant cinq kilomètres de circonférence.

On distingue à peine à travers les buées léthifères l'autre bord de ce trou monstrueux large de quinze cents mètres, et dont la muraille droite s'enfonce vers le mystérieux et terrible pays de feu.

On devine une effrayante profondeur; on entrevoit des parois noires tachées de jaune; on baigne dans les tournoiements blanchâtres qu'exhale l'abîme.

En bas, autour de soi s'aplatit la Sicile cachée par les brumes.

On se croirait en plein ciel au milieu des mers, au-dessus des nuages, si haut, si haut que la Méditerranée s'étendant à perte de vue a l'air d'être encore du ciel bleu.

Certaines fois, le spectacle est différent et plus grandiose.

Tandis que le dragon aux narines de flamme dort

au fond de la prodigieuse cheminée haute de trois mille trois cent douze mètres, on découvre un panorama ayant plus de quatre cents kilomètres de diamètre et treize cents de circonférence.

On salue l'Italie au nord et les îles Lipari, dont les deux cônes semblent monter la garde en avant de leur père, puis tout au sud, on devine Malte à peine visible.

Dans les ports de la Trinacrie vus de là, les navires ont l'air d'insectes sur la mer.

Les Anglais ne sont pas les moins impressionnés, disons-le à leur louange, en face des merveilles. Aussi, lord Pennebrok, plongé dans le ravissement, oublia-t-il au sommet de l'Etna l'écho supposé et les pistolets de Trotlevent. Les pistolets restèrent inactifs dans la poche du prudent parisien.

Le révérend Empotter — et c'était vraiment son devoir — adressa dans son enthousiasme un majestueux hymne au Créateur, et dans ce cantique échappé de son âme honnête et religieuse, la palingénésie n'eut aucune part.

Il y eut lieu de redescendre autant sur le dos que sur les pieds à travers l'épaisse ceinture de nuages fumants.

Au bout d'une heure, nos voyageurs retrouvèrent sous leurs pieds l'île dentelée et verte, ses golfes, ses villes, et la mer bleue autour de tous côtés.

Vers dix heures de la nuitée, ils arrivaient pour retrouver l'infortunée Milady privée d'une des plus grandes satisfactions qui puissent être données aux regards humains, aux ruines du fameux couvent de San Nicolao il Vecchio.

« C'est quelque chose de magnifique et de terrible que les ruines de Saint-Nicolas-le-Vieux, nous confie un de ses descripteurs. Quand le voyageur fatigué s'arrête sous ses murailles délabrées, il lit d'un œil effrayé les nombreuses dates des incendies, des tremblements de terre et des désastres de toute espèce qui ont affligé le couvent depuis son origine et dont le souvenir est encore sculpté dans la pierre. Le choix du site, favorable à la méditation religieuse, la beauté, l'élévation et l'étendue du paysage, l'émotion de terreur que cause la proximité du volcan, la solitude profonde de ce lieu sublime où les religieux des anciens âges venaient penser à Dieu et à l'éternité près de la bouche béante du cratere, l'air pur de cette région élevée, tout concourt à remplir l'âme d'un sentiment profond et sublime que trouble malheureusement quelquefois l'apparition du bandit des montagnes et de sa carabine. »

On raconte qu'en 1806, le vieux moustier était devenu un repaire formidable et redouté. Les voleurs, sans crainte du volcan qui grondait sur leurs fronts avaient relevé quelques pans de murailles, s'étaient fortifiés dans leur retraite, avaient pratiqué des meurtrières dans les remparts, et cachaient dans les immenses caves et souterrains les tributs qu'ils prélevaient dans leurs excursions.

Nous avons dit qu'à la date de la présente histoire, les bâtiments en ruine, suivant l'assertion du dévoué Francesco Gemella, étaient habités par d'obligeants vignerons. Nous saurons bientôt à quoi nous en tenir à cet effet,

Toujours est-il que descendant du Vésuve lorsque dix heures sonnaient dans le lointain du soir aux beffrois des clochers, nos amis, en atteignant Saint-Nicolas-le-Vieux se flattaient de la meilleure réception. Francesco n'était-il pas l'homme de dévouement et de prévoyance? Lady Pennebrok reposée devait être en train de mettre la nappe.

N'avez-vous jamais traversé de ces heures de voyage où brisé de fatigue, au moment où l'on touche un seuil hospitalier, on rêve de puddings monstres, de pâtés succulents, de pâtisseries savoureuses flanquant les plats de résistance, pot au feu, ragouts et rôtis?

Ainsi lord Pennebrok songeait aux gras becfigues siciliens qui couvriraient son assiette, Trollevent aux vins succulents captivant leurs flots d'ambre dans de séculaires amphores. Le pauvre révérend se promettait, ô festin! de s'accorder une tranche de jambon.

Songez qu'aucune de ces bonnes choses n'avait une seule fois manqué, durant le voyage, à la table des excursionnistes.

Tout à coup, le Français tressaillit surpris par l'horreur du paysage et l'aspect sinistre des restes de l'abbaye.

— Ulisse, demanda-t-il à Brandini, c'est ici San Nicolao il Vecchio?

— Oui, Signor!

Trollevent fit le geste de chercher ses révolvers à tout événement. Il fouilla ses poches.

A ce moment il se souvint de s'être soulagé du poids des deux machines en les déposant à son passage à la Casa Inglese en descendant, dans les fontes des harnais appartenant au mulet sur lequel il remontait.

Il porta vite la main à la selle du mulet.

Horreur ! Les revolvers avaient disparus des fontes.

— Qu'est-ce que cela signifiait ? Où étaient-ils passés ?

— Truffes de Fergusa ! tonna la voix du maître d'hôtel. (Page 12.)

Le Français jeta feu et flamme, s'inquiéta auprès de lord Pennebrok fort innocent de ce mauvais tour ; auprès de Luigi plus capable de le renseigner peut-être ; et finalement dut se résigner, sans comprendre à son malheureux sort.

On avait marché cahin caha de ravin en ravin, de sommets en sommets; on avait franchi des escarpements sourcilleux et plongé dans des gouffres semblables à une obscure géhenne; on se trouvait enfin aux pieds de murs noirs et démantelés couronnant une éminence.

Un *lettighiere* (muletier) mit pied à terre.

Il souleva d'une main assurée un marteau branlant sur une porte de chêne que la lumière du jour eut montrée plus solide qu'on n'avait le droit d'attendre à l'entrée de telle masure.

Le bruit du marteau se prolongea dans les profondeurs caverneuses de l'édifice. Des essains d'oiseaux fauves partirent en tourbillonnant des crevasses.

— Diable! diable! articulait Trottevent.

Empotter marmottait une prière ; lord Pennebrok restait stoïque, impassible.

La porte tourna et une tête hérissée, grimaçant la lueur d'une lanterne rougeâtre, apparut dans l'entrebaillement.

— Vous êtes les voyageurs du signor Francesco?

— Eh parbleu!

— Ne le sommes! appuya le seigneur anglais, pressé de se chauffer et de se sustenter.

— Entrez, entrez, Excellences! Depuis le crépuscule on vous attend !

Et quand tout le monde fut entré, la porte massive se referma lourdement.

VI

Le voyage devient étrangement dramatique. — Quelques heures de nuitée dans un repaire de vrais bandits. — Terre moto.

L'aspect intérieur de l'enceinte était fort singulier. On ne voyait que pierres effritées, portes et fenêtres béantes, arcades semi-rompues.

On accéda à une grande salle reléguée dans les profondeurs d'un bâtiment très vaste, et, chose anormale, cette salle avait des fenêtres à grilles et une porte rappelant beaucoup celle d'une prison.

Un quinquet fumeux jetait sur les murailles nues de pâles lueurs; dans les coins apparaissaient quelques futailles défoncées.

La porte, cette seconde porte, s'était refermée ainsi que la première sur nos trois voyageurs restés seuls avec l'homme à la lanterne, attendu que sous prétexte de veiller aux mules les gens de leur service ne les avaient pas suivis.

L'aspect de ces choses n'eût pas manqué de donner le frisson aux trois arrivants, si tout aussitôt une troisième porte ne se fût ouverte, et ne leur eût donné accès, jetant en s'ouvrant une bouffée de clarté, dans une pièce beaucoup plus confortable.

Au fond d'une cheminée colossale, flambait un tronc de pin entier.

— Aoh ! aoh ! Francesco Gemella est un maître homme pour disposer un gîte; observa l'Anglais.

Lord Pennebrok retrouvait sa gaîté.

Il y avait de quoi; la salle eût été quasi digne de l'hôtel en renom du signor Camillo à Palerme.

Au milieu, sur une table parée de linge blanc, miroitaient sous l'étincellement de candélabres nombreux une profusion de cristaux, verres, flacons, coudoyant des vases, des plats, des assiettes d'irréprochable propreté.

Un dîner parfait à fumets chauds attendait les convives.

Véritable féerie.

En détail, rien ne manquait. Les murailles seules

nues et décrépites rappelaient l'endroit où l'on se trouvait.

Quelques sièges simples étaient rangés devant les couverts.

L'introducteur avait jeté sa lanterne dans un enfoncement, il attendait.

— Dites-moi, mon brave, interrogea en italien lord Pennebrok, où est Milady? Où est Francesco?

— J'ai mission de vous répondre, Milord. Le signor Francesco viendra lui-même dans quelques minutes vous rendre ses devoirs. Il a dû conduire Milady jusqu'à l'hôtellerie de Nicolasi, la fatigue de Sa Seigneurie Milady ayant nécessité cette précaution. Quant à vous, Signori, dînez; vous trouverez ensuite des lits de repos.

— Diable! diable! articulait Trollevent, regrettant ses armes à feu.

Le repas commencé froidement tourna en gaîté à mesure que certaines bouteilles se débouchèrent.

Le pauvre Révérend, peut-être, eût éprouvé satisfaction à se trouver, disons le mot, dans un endroit moins fantasque, « plus palingénésique ».

L'homme à la tête hérissée servait avec adresse.

On touchait aux liqueurs, quand Francesco Gemella

apparut mandoline à la main, plus courtois que jamais et apportant au sujet de lady Pennebrok les nouvelles les plus rassurantes.

Francesco but familièrement avec ses hôtes, leur fredonna deux ou trois chansons, et parut avoir grand peine à aborder des questions sérieuses qui lui pesaient au crâne.

Enfin, comme il venait de recevoir les compliments de l'Anglais sur une réception si miraculeusement organisée, il se résigna à parler :

— D'abord, commença-t-il, je vous rends, Signor Trottevent, deux joujoux qui vous appartiennent.

Et il remit à Trottevent les deux revolvers soustraits.

Les revolvers étaient veufs de leurs cartouches.

Puis, d'un geste naturel, le signor Gemella déposa à portée de sa main, devant lui, un troisième revolver de respectable calibre qui montrait ses cartouches dans ses dix gueules béantes.

— Diable! Diable! répétait le Parisien.

— Aoh! aoh! reprenait l'Anglais sur un ton semi gouailleur, semi inquiet; je vous admire, Francesco!

Le Révérend psalmodiait des oremus avec une ferveur touchante...

— Milord, accentua Francesco, je vous ai proposé à l'oreille, à mon arrivée près de vous, à Calatafimi un petit arrangement plein d'originalité.

— Aoh yes! assurément!

— C'était primo, de diriger vos pas à travers l'île, en me portant garant de votre bon entretien et de votre sécurité.

— Et vo avez tenu parole, Francesco!

— Pour cette première condition, vous m'avez promis, Milord, cent guinées (2625 francs).

— Vo les recevrez!

— Je vous ai proposé en second lieu d'organiser, à l'usage de Milady Pennebrok et de vos deux compagnons de route que voici, un drame de ma spécialité. Il s'agissait de vous mettre sans danger aucun, en présence de ces bandits dont l'opinion des étrangers peuple la Sicile. Milady ne désirait-elle par en croquer un sur son album?

— Yes! Et vo avez promis non eune tragédie, Francesco, mais eune comédie, où des faux *banditti* apparaîtraient à nos théâtralement. Vo avez hier arrêté por aujourd'hui, le exécution de la pièce et je avais personnellement entrepris, à propos d'un écho, de soustraire à Mosieu Trotlevent ses armes pour qu'il puisse blesser personne des acteurs ! Je confesse la ruse de moa, Mosieu Trotlevent.

— Précaution bonne, Milord; continuait Francesco, mais que vous avez finalement négligée, de telle sorte que j'en ai dû charger moi-même un de mes hommes. Continuons ! Pour le drame convenu vous m'avez souscrit cinquante guinées (1312 fr. 50).

— Parfait ! Le idée de comédie était prodigieusement ingénieuse ! Les faux bandits devaient très jovialement paraître vrais bandits à Milady, à Mosieu et à Mynheer.

— Êtes-vous satisfait de mon zèle à remplir le premier traité ? Êtes-vous content ? Avez-vous manqué de rien dans les haltes et les stations d'auberges ? Votre paix a-t-elle été parfaite ?

— Irréprochable !

— Eh bien ! sachez que des bandits vous ont guettés à vingt détours de chemin. Sans moi, Milord, sans moi, Messieurs, vous tiendriez peut-être compagnie à l'heure qu'il est à quelques momies du genre de celles que vous avez vues chez les capucins de Trapani.

— Aoh !

Le ton de lord Pennebrok se rembrunissait de plus en plus.

— Je passe à l'exécution du second arrangement, ajouta le Sicilien. Tenez voilà ! Psitt ! comme au théâtre !

Alors, ce drôle de Francesco saisit son énorme revolver, tira un coup en l'air, et la balle alla trouer une poutre du plafond.

Psitt, encore : la porte s'ouvrit et une dizaine de tromblons dépassant un fouillis de têtes patibulaires exhibèrent leurs canons luisants.

Derrière Francesco avait bondi l'homme à la lanterne, brandissant une carabine et la dirigeant sur la poitrine du lord.

— Aoh ! aoh ! aoh !!!

Le dernier aoh ! avait perdu toute joyeuseté et ressemblait au soupir d'un condamné au supplice.

Impossible de prendre plus longtemps le change.

L'aspect rébarbatif des personnes suffisait à le témoigner : La scène qui se passait tenait plus de la tragédie que de la farce. Francesco Gemella était sous ses cauteleuses apparences un redoutable Fra Diavolo ; la ruine de san Nicolao el Vecchio lui servait de repaire ; les voyageurs étaient pris dans un cruel guet-apens.

Ah ! l'astuce des brigands de Sicile !

Francesco dévisagea lentement l'Anglais suffoqué

d'émoi, le Français vert comme du vin de Suresnes et le Hollandais plus tremblant que la feuille.

Ce spectacle parut lui plaire; il sourit et reprit de sa plus douce voix :

— Je tiens mon second engagement comme le premier Milord, et je le tiens bien, vous voyez! Je dépasse les conventions, ce qui vous rend redevable! En un mot, constatez-le; vous êtes dans une bonne et solide caverne de *banditti;* des banditti vrais, non pour rire! Votre caprice n'a plus rien à désirer. Regardez comment sont faits les brigands de Sicile. Je suis le chef de ceux-ci. Tenez! Je n'ai qu'un mot à dire pour vous envoyer vous et vos deux acolytes dans le domaine du trépas. Toutefois, calmez-vous, je n'en ferai rien; je le jure par les pieds du *Gietzu santzo!* Je prélève des impôts, je ne suis pas un assassin.

On a constaté cent fois cette particularité. Les coupe-jarrets de Sicile et d'Italie mêlent à leur métier des pratiques de dévotion démonstrative. Quelques-uns, à tout propos, adressent des protestations au Seigneur et aux saints.

Il paraît que Francesco Gemella était de ces fervents.

Le serment du bandit rassura un peu ses victimes. Il continua bénignement :

— Remerciez-moi, Messieurs. Il n'est pas donné à tout le monde de se payer l'agréable fantaisie qui vous est offerte. Jugez si j'y ai mis de la délicatesse. J'ai écarté lady Pennebrok ; ses nerfs probablement eussent été trop violemment éprouvés ; elle ne se doute de rien et dort tranquille à Nicolosi. Si mon portrait lui plaît, elle le crayonnera de souvenir. Or çà donc, Milord, réglons nos comptes !

Avec un flegme digne de sa race, lord Pennebrok, détacha de ses épaules le petit sac aux guinées et le passa sans sourciller à son bourreau.

Ému de ce beau mouvement, Trottevent estima que la France ne doit céder en rien à l'Angleterre ; et fouillant dans son gousset, en extirpa un précieux chronomètre, arracha un portefeuille à une poche secrète, et non sans soupir, remit le tout aux doigts de Francesco.

Ajoutons à la gloire de la Hollande, que le révérend Empotter vida non moins consciencieusement les bas fonds de sa soutanelle palingénésique, pour n'en extirper, hélas ! que deux ou trois maigres billets de change, valant une centaine de ducats, palingénésiquement pliés entre deux feuillets d'un petit livre.

Ce qui fit, cela va sans dire, qu'en offrant l'argent, il saisit l'occasion d'offrir le petit bouquin.

O Palingénésie !

Ce bon Francesco Gemella remercia d'un hochement de tête fort courtois.

Ensuite il ébaucha un signe, et les bouches à feu braquées à la porte disparurent avec leurs aimables porteurs.

D'un signe non moins noble, le chef des brigands congédia le bravo montant la garde derrière son dos; et quand la porte fut refermée, il compta dans le sac de lord Pennebrok avec ordre, avec minutie, cent guinées d'une part, cinquante de l'autre.

— C'est le compte convenu, n'est-ce pas? demanda-t-il.

Puis, non sans affectation, refermant le sac de lord Pennebrok, il le fit sauter deux ou trois fois en l'air, et le repassa à son propriétaire avec le surplus des schellings, des florins, des couronnes, des souverains et des banknotes.

Quelle générosité ! La Sicile venait de stupéfier l'Angleterre....

Il est vrai qu'après avoir bu une énorme rasade

qui lui projeta du rouge aux joues, le Sicilien eut une sorte de remords.

Tout en restituant à leur tour leurs biens à Trotlevent et à Empotter, il se permit un correctif :

— Mes bons Signori, implora-t-il, le pauvre bandito que je suis se voit obligé de vous avouer que les hommes de sa troupe ne consentent pas à vivre comme ce révérend apôtre, que je salue, de lait de brebis et de fruits des champs. Ces gens grossiers et rudes ont des appétits insatiables. Vous comprenez, Signori. Après la représentation qu'il vous ont offerte, je laisse à la générosité de Vos Seigneuries le soin de fixer leurs émoluments.

Les trois voyageurs repassèrent piteusement leurs valeurs à celui qui venait de les rendre.

Francesco agréa le procédé comme galant.

Il tira de chaque envoi une dime, en imposant le lord au triple des autres.

Après avoir empoché quelques mille francs de la sorte, il se rasséréna; rendit définitivement les porte-monnaie, se versa une nouvelle rasade et porta un toast à l'union des quatre puissances dont les représentants étaient présents, la Sicile, la France, l'Angleterre, la Hollande, puis il termina :

— Vos lits vous attendent, Messieurs, ou plutôt vos couchettes, dans un coin de mon campement, à moins qu'il ne vous tarde de me quitter.

Cette opinion trouva visiblement faveur.

— En ce cas, partez, Messieurs; mais attendu qu'il convient, même en Sicile, de se tenir en garde contre certaines institutions qu'on nomme la justice et qui ne sont point compatibles avec une conscience sans préjugés comme la mienne, vous partirez seuls. Le chemin vous sera indiqué le mieux possible, il est facile. Vos bagages, vos mulets, et ceux de vos gens qui ne m'appartiennent point, sont déjà rendus à l'*albergo* où Milady vous attend. Moi, vous ne me reverrez plus, et, demain, à l'aurore, il ne restera à San Nicolao el Vecchio pas la moindre trace de votre passage ni du mien.

Soudain, au travers des fenêtres à barreaux de fer mal revêtues de vitres treillagées de plomb un lancinant éclair éclata, et presque instantanément retentit une détonation si bruyante, si soudaine, si rapprochée que les quatre hommes se dressèrent debout, mus à la fois par une commune terreur.

Le bandit sicilien blême, les quatre membres secoués de frissons, prêta l'oreille.

Un silence affreux succéda à ce coup de tonnerre ; mais ce silence ne fut que d'une vingtaine de secondes.

Un roulement sourd grondait au-dessus du vieux

Un jour, c'était en pleine montagne... (Page 73.)

couvent, si rauque, si profond, qu'on n'eut pu dire s'il venait du ciel ou de la terre ; un de ces étranges gémissements de la nature avertissant ses enfants d'un danger qui approche.

Des bouffées de vent passèrent au-dehors rasant le sol.

La ruine secouée ainsi qu'un hallier par une rafale, tremblota de ses fondements à ses toitures.

— *Terre moto! Terre moto!* (Tremblement de terre!)

Ce sinistre cri retentissait. Des pas effarés fuyaient de toutes parts. Des huis battaient sur leurs ais; la table avait oscillé; des voix suppliantes montaient à la nue.

— *Virgo quæ messanenses in filios elegisti,* (Vierge qui as choisi les habitants de Messine pour enfants); *Miserere nobis!*

— Dehors! dehors! criait Francesco; au nom de votre âme, suivez-moi!

Et les quatre hommes se précipitèrent aux issues.

Déjà tous les brigands s'étaient sauvés.

On ne saurait se représenter la panique qui s'empare de ce peuple dansant sur un gouffre lorsque le cataclysme les menace. Ne connaissent-ils pas les récits effrayants de leur histoire? N'ont-ils pas dès le berceau l'expérience de cette calamité nationale? Si des poussées de fumeroles, si des fusées de feu annoncent une éruption volcanique, rien le plus souvent ne permet de pronostiquer un tremblement de terre. C'est le danger au milieu de l'insouciance, c'est la mort en plein sommeil.

On dirait que la terre craint de se livrer à ces délirantes convulsions à l'heure où le soleil la regarde, et qu'elle attend le sommeil de l'astre pour tomber dans les accès de fièvre qui la font gémir et se tordre, dévorée par le feu qui brûle ses entrailles. Les plus terribles catastrophes, a-t-on remarqué, ont lieu la nuit.

Au dehors, un nuage lourd pesait sur l'air, immense tente mortuaire.

Des bruissements plaintifs, consternés, montaient des villages habités; sorte de ronflement de houle.

Une première secousse en annonce d'autres en cette île de feu.

Tandis que nos voyageurs descendaient la montagne, plus d'un frisson courut sous leurs pieds dans le sol.

L'harmonie funèbre du lointain, pleine d'accents indéfinissables, de plaintes, de gémissements, redoublait d'intensité; semblable, en montant au firmament, au dernier soupir d'une de ces cités maudites dont l'Écriture fait mention.

A pas de course, on atteignit Nicolosi.

Les habitants se répandaient dans la campagne et s'y improvisaient des bivouacs avec des charpentes légères et de la paille.

— *Terre moto!*

Ce cri courait, lugubre, déchirant.

Un ébranlement plus fort fut suivi de craquements multipliés.

Une cloche sonna toute seule. Des maisons restées debout inclinaient leur façade, images de vieillards courbés sur la tombe; d'autres s'écroulaient avec fracas; des coins de place s'enfonçaient dans des gouffres.

Du sein des décombres sortaient des appels humains larmoyants, des hurlements d'animaux blessés, des râles à déchirer le cœur.

Lord Pennebrok et ses compagnons, bravant les dangers accumulés, et oubliant les bandits, ne songeaient qu'à rejoindre lady Pennebrok, délaissée dans une hôtellerie.

A l'entrée de la ville, Francesco les avait abandonnés.

VII

Les pénitents en Cagoule. — Messine. — Adieu, Sicile!

Pauvre lady Pennebrok! que de mortelles transes, que d'appréhensions indicibles dans son isolement!

Où avaient disparu ceux qui l'avaient amenée? Nul n'eût pu le dire.

Ceux qu'elle avait laissés occupés à gravir la cime du mont vivaient-ils encore? Sa pensée se le demandait sans trouver de réponse.

— *Terre moto!*

Ces deux mots l'avaient arrachée à son sommeil et à sa lassitude.

L'auberge vacillait sur ses bases, la foudre interne grondait sous la Sicile, on fuyait, on s'échappait, chacun pour soi, chacun ne sachant plus que s'échapper.

Le sentiment de la conservation avait porté Milady à imiter les autres. Au point du jour, les trois hommes qui la cherchaient la rencontrèrent brisée, affolée, quasi évanouie sur l'herbe au coin du jardin de l'*albergo*.

Eut-on le courage de se confier dès lors mutuellement les effrois de la nuit? C'est peu probable. Comme les crises de fièvre, les moments qui suivent tant d'émotions, ont leur recueillement.

A cette même heure matinale, les cloches de l'église de Nicolosi se mettaient en branle et une bizarre procession de pénitents sortant des nefs envahissait les rues.

Les processionnaires chantaient à tue tête à Dieu des psaumes de pénitence destinés à émouvoir sa miséricorde.

C'était un cortège d'une trentaine de gaillards en froc et cagoule, un masque d'étoffe à la tête; masque troué de deux ouvertures rondes à l'endroit des yeux. Leurs regards étincelaient dans ces entonnoirs comme des charbons ardents.

Ils chantaient sur un rythme sépulcral :

— *De profundis clamavi....*

— *Miserere Deus....*

Les uns portaient des flambeaux; les autres, le dos nu jusqu'à la ceinture, se cinglaient de coups de discipline; pleurant leurs péchés, faisant pénitence publique pour eux et leurs concitoyens.

Sur leur passage, hommes et femmes accouraient sortant des maisons, des caves, des débris amoncelés; et, s'agenouillaient, chantant avec les édifiants dévots, battant la mesure à leur instar à coups de poings sur leurs poitrines.

Un flagellant se fustigeait plus fort que les autres.

En passant près du groupe des infortunés voyageurs, il poussa des soupirs surhumainement contrits.

— C'est un saint! murmura le révérend Empotter, bien que la palingénésie tienne en garde contre des appréciations hâtives et téméraires..

— *Miserere,* sanglotait le pénitent.

A cette voix, lord Pennebrok et Trottevent tressaillirent.

Ils venaient de reconnaitre Francesco Gemella.

— *Miserere!* psalmodièrent deux autres voix non moins connues, à droite et à gauche du saint.

Ces dernières étaient celles d'Ulisse Brandini et de Luigi.

A côté du chef, cérémoniaient pleins de ferveur ses lieutenants.

Le dévot exemple gagnait de proche en proche.

La foule se multipliait, l'enthousiasme expiatoire montait au comble. Les hommes s'arrachaient les cheveux, les femmes se frappaient la poitrine et fouettaient leurs enfants. Tout cela pieux, convaincu, sincère, à en juger par les apparences.

Quel étrange peuple brûlant, brûlé, volcanesque!

. . . .

C'en était assez.

Lord et lady Pennebrok, Trollevent et le révérend Empotter prirent au plus vite le chemin de Messine, et le soir arrivèrent au joli bourg *delle Giarre* ou le *terre moto* ne s'était accusé que d'insignifiante façon.

De là, l'Etna présentait la figure d'un édifice colossal à trois pavillons, dont l'un, celui du milieu, lançait une fumée rouge et enflammée inconnue les jours précédents. C'était le signe des bouleversements souterrains qui s'accomplissaient.

Après Giardini, Taormine et la Pia-Paola, apparut aux fugitifs Messine, pareille, si on la voyait des cimes de l'air, à une faucille tombée sur la grève bleue. Ce doit être à Messine que Saturne laissa tomber sa faux.

C'était un dimanche. Les habitants se tenaient assis devant leurs demeures ou à genoux sur les marches des églises.

La piété vraie est grande en Sicile, n'en déplaise à ceux qui seraient pointilleux sur la procession pénitentiaire de Nicolosi telle que nous l'avons dépeinte. La voix du volcan comme celle des ouragans, comme celle des orages, ressemble à la voix de Dieu et rappelle à lui les âmes prêtes à s'égarer.

Aussi que de monde à la cathédrale, à la *Cattolica*, à *San-Francesco*, à *San-Domenico*, à la *Madonna della Scala*, que Frédéric II d'Aragon reconstruisit au XIVe siècle, au couvent des nonnes grégoriennes où l'on conserve la Vierge portant la signature d'Antonello da Messina.

Voici, dans l'assistance, des Calabrais, chapeau pointu à la main; des pêcheurs bonnet blanc sous le coude, des ménagères de *Fiume di Nisi* portant au lieu de mantille le filet rose à ruban qui captive leurs chevelures.

Les pieux Messiniens ont la prétention théologiquement discutable de posséder une lettre écrite par la très Sainte Vierge à Jérusalem, l'an 43 après Jésus-Christ. Le pape Benoit XIII a béni d'ailleurs par des indulgences la dévotion des Messéniens à la divine Mère de Toutes Grâces.

Messine est le port le plus fréquenté de toute la Sicile.

Le détroit du Phare n'a qu'une lieue et demie dans sa plus grande largeur, et une demi-lieue dans son resserrement le plus étroit. . . . .

. . . .

Un paquebot en partance se balance sur la vague.

Appuyés aux bastingages du pont, ainsi que nous les avons vus arrivant à Palerme, nous retrouvons nos amis.

Ils partent.

Vers la pointe italique, les hauteurs verdoyantes de la Calabre, les taches blanches qui sont les maisons des *Villa San-Giovanni* et de *Reggio* grandissent et s'étalent.

Les monts de Sicile s'abaissent jusqu'à la langue ultime qui porte un village, un phare, quelques fortifications.

De ce côté est Charybde, aujourd'hui *Garofalo*.

Les flots agités y bouillonnant, se renversent; à peu de distance la mer est calme.

Sur la rive vis-à-vis, apparaît la dent monstrueuse du rocher de Scylla.

Homère a donné au monstre qui l'habite douze griffes, six cols avec chacun une tête à gueule béante et trois rangées de dents.

— Je certifie à vo, disait Milady, que par souvenir je tracerai la protraicture de ce original de Francesco Gemella! Adieu, ô Sicile!

— *Goddem!* ajoutait lord Pennebrok, j'ai oublié de dénoncer loui à la police de son pays! Dieu sait où il se fera pendre! Que d'autres s'occupent de cette chose!

— O palingénésie! méditait le révérend Empotter, il t'appartiendrait de renouveler la face de ces rives!

Trotlevent était revenu à ses formules :

— Pour faire du vin de Calabre, prenez du sang de bœuf.... Parole de Parisien, je ne connais rien de comparable au vin de Bercy!

Et ce disant, à la barbe du pauvre Empotter, Trotlevent le Parisien, en dépit de la palingénésie, fumait un cigare gros comme un câble, et du cigare arrachait des bouffées comparables à celles de la cheminée du *Steamboat*.

— O palingénésie !

Si vous traversez Bercy, de grâce allez chez M. Trotlevent faire provision de vins de Sicile.

FIN

TABLE

— Lille, Typ. A. Taffin-Lefort. 6. —

LILLE. TYPOGRAPHIE A. TAFFIN-LEFORT.

www.ingramcontent.com/pod-product-compliance
Ingram Content Group UK Ltd.
Pitfield, Milton Keynes, MK11 3LW, UK
UKHW031904260826
14628UKWH00002B/976

9 782019 676278